KB080522

나는 매일, 내가 궁금하다

나는 매일,
내가 궁금하다

권지안 에세이

열림원

나는 언제나 나로, 나답게 살아갈 것이다.

여전히, '나'라는 작품을 그리는 중입니다

세 살 때부터 꿈이라고 외쳤던 연예인으로 데뷔한 지 십육 년이 지났다. 꿈을 이루면 마냥 행복한 매일이 기다리고 있을 거라 생각했지만, 막상 내가 만난 감정은 허무함이었다. 더 아팠고, 더 혼란스러웠다. 유일한 방향 표시등이었던 꿈마저 사라지니 갈피를 잡지 못하는 일상이 이어졌다. 결국 벼랑 끝에 선 후에야 다시 생각하기 시작했다. '내가 왜 이 방향으로 걷고 있는 거지?'

한번 시작된 질문은 꼬리에 꼬리를 물고 이어졌다. 명확한 답을 찾지 못한 채 질문의 수는 늘어났고, 시간은 여지없이 흘렀으며, 삶은 나를 가만두지 않았다. 온라인에서는 사람들의 손가락질이 늘어났고, 전 재산을 도난당했으며, 완전히 믿었던 주변 사람들은 연이어 내 뒤통수를 가차 없이 때렸다. 질문의 답을 찾을 여유 같은 건 없었다. 사람을 피하고 상황을 버티는 것만으로도 버거웠다. 그렇게 꽤 긴 시간 동안 나는 스스로를 지키지 못한 채 정처 없이 떠돌았다.

사람들은 자신보다 주변 사람에게 더 관심이 큰 것 같다. 자신에 대해 생각할 때도 내가 보는 나보다 다른 사람이 보는 나를 기준으로 삼는 경우가 많다. 그런데 나는 다른 사람이 궁금하지 않았다. 내가 제일 궁금할 뿐이었다. 이런 성향은 타인의 눈에 신기한 애, 이상한 애, 4차원인 아이로 비쳤다. 솔직한 모습이었는데 말이다. 궁금하니까 물어봤고, 모르는 것을 굳이 아는 척하며 꾸미지 않았다. 그런데 어느 순간부터 솔직함은 무례함이 되었다. 나다우면 되는 게 아니라, 나다운 것을 보기 좋게 포장하는 방법을 몰랐기 때문이다.

스스로를 정확하게 이해하지 못하는 동안 나는 상처받고, 찢기고, 고통스러운 날들을 보냈다. 바쁘다는 핑계로 내가 나를 버려뒀다. 그래서 작은 상처에도 걷잡을 수 없이 휘청거렸다. 끊임없이 나를 탓하면서. '네가 선택한 일이고, 네가 원했던 순간이야. 힘들어하지 마. 불평하지 마. 모두 그만큼 힘들고 아파. 네가 겪는 건 대부분의 사람들도 겪는 일이야. 그러니까 힘든 척하지 마.'

작은 구멍이 뚫린 둑은 순식간에 무너져내렸고, 마음은 밑바닥까지 추락했다. 그러나 이대로 내가 나를 죽이고 싶지 않았다. 그래서 우울증 치료를 위해 당시에는 사람들에게 익숙하지도 않고, 오히려 부정적 인식이 많았던 정신건강의학과를 찾았다. 의사 선생님의 권유로 심리 상담과 미술 치료도 병행했다. 이때 만난 미술이 내 인생의 방향을 바꾸는 기회가 됐다.

그때부터 십 년간 꾸준히 미술을 통해 감정을, 생각을, 사회를 보는 시선을, 함께 나누고 싶은 이야기를 표현하고 있다. 처음에는 나를 살리기 위해 감정을 쏟아내는 것에 그쳤다면, 이제는 사회와 함께 이야기해야 할 것들을 표현한다. 그 과정이 나를 성장시켰고, 조금씩 마음의 치유도 이뤄졌다.

'내가 왜 이 방향으로 걷고 있는 거지?'

한번 시작된 질문은
꼬리에 꼬리를 물고 이어졌다.

그저 나답게,
내 방식대로

결승점을 향해 한 걸음씩 내딛고 싶을 뿐이다.

이 책은 매 순간을 치열하게 살아내려고 애썼던 시간의 기록이다. 나라는 세상 유일한 작품을 완성해가는 과정을 솔직하게 담았다. 나도 몰랐던 나를 알게 되었고, 내가 나를 인정해주기 위해 노력했다. 여전히 주변에 장애물이 가득하지만 하나씩 넘어서다 보면 결국 결승점에 도달한다는 것을 이제는 의심하지 않는다. 물론 더 빠르게 도착하고 싶다거나 다른 사람보다 멋지게 넘고 싶다는 생각도 하지 않는다. 그저 나답게, 내 방식대로 결승점을 향해 한 걸음씩 내딛고 싶을 뿐이다.

예술의 본질은 공감, 공유, 공헌이라 생각한다. 나 자신과 세상을 위해 예술을 통한 건강한 방식으로 감정과 생각을 나누며 살아가고 싶다. 누가 뭐라고 해도 나답게 말이다.

차례

프롤로그 여전히, '나'라는 작품을 그리는 중입니다 8

PART 1 인지하기

"캔버스 앞에 서듯, 낯선 나와 마주본다"

나를 제외한 모두는 타인이다 20
그냥 남들처럼 살면 안 돼? 24
쓸모 있는 인간 28
나다운 것이 뭔데? 32
나, 잘 살고 있는 거 맞니? 38

PART 2 기록하기

"물감의 색을 선택하듯, 스스로에게 확신을 가진다"

몰라서 용감했다 46
그림을 그리는 작가가 되고 싶어요 52
내가 나를 만나는 과정 58
나에게 던지는 돌조차도 관심인 줄 알았다 64
스스로에게 외우는 주문, "특별해" 72

PART 3 화해하기

"무엇을 그릴지 결정하듯, 나만의 뮤즈를 찾는다"

미움받고 미워할 용기 80
새로운 자아와의 만남 83
'진짜 나'를 이해하는 시간 88
상처는 지워지지 않지만, 덮어진다 92
어디까지가 예술이지? 97
왜 착한 사람은 바보여야 해? 102
무엇이 우리의 클래스를 높이기 위한 최선일까? 107
인생의 균형을 맞추려는 노력 114

PART 4 공존하기

"첫 획을 그리듯, 내 삶의 기준을 세운다"

말하면 이뤄지는 기적의 힘 122
관계 맺기에 대해 다시 생각하다 130
결국, 사랑 135
암흑 속 찰나의 빛이 내게 알려준 것 139
소통이 많을수록 좋은 관계가 만들어질까? 143
행복의 자리 비워놓기 149

PART 5 확장하기

"한 점의 그림을 완성하듯, 삶이라는 작품을 기록한다"

이별의 노래 156
변하지 않는 것의 가치 164
성공의 기준을 다시 정리하다 171
모든 일은 때로 예상 못 한 방향으로 향하지(feat. 호기심) 176
세상과 맞서는 방법 180
편견에 대처하는 자세 194
사과는 그릴 줄 아니? 206
솔비도 하는데, 나도 해볼까? 214
그럼에도 불구하고, 나답게 살아갈 거야 221

Video Artworks 236
추천의 글 240

"캔버스 앞에 서듯, 낯선 나와 마주본다"

PART 1

인지하기

나를 제외한 모두는　　　　타인이다

"너는 꿈이 뭐니?"
"연예인이요!"

어렸을 때부터 내 꿈은 한순간도 바뀐 적이 없다. 꿈
을 적는 칸에는 한결같이 연예인이라는 글자가 적혀 있
었다. 그만큼 확고했고, 분명했다. 초등학교 시절에는 리
듬체조를, 중학교 때는 극단에서 연극을, 고등학교에서
는 메이크업을 배웠다. 꿈을 향하는 과정이라고 생각하
며 현재보다 미래를 위한 시간을 살았다. 그러다 보니

학창 시절 내내 바빴던 기억만 난다.

그러나 내 노력과 별개로 주변에서 나를 보는 시선은 긍정적이지만은 않았다. 누구도 내 꿈을 환영하지 않았다. 부모님은 정해진 틀을 벗어난 딸을 못 미더워하셨고, 선생님은 허무맹랑한 꿈을 꾸는 신기한 학생이라고 여길 뿐이었다. 내 주위의 어른들은 나를 믿지 않았다. 일반적인 어른들의 사고방식을 기준으로 했을 때 어린 나의 꿈은 어이없는 이야기였고, 나를 위한다고 포장한 말들은 내게 상처만 줄 뿐이었다. 그럼에도 나는 그 시간을 버텨 결국 꿈꾸던 길을 걷게 됐다. 데뷔를 하며 나를 의심했던 사람들에게 통쾌한 한 방을 선물한 것이다.

상황이 바뀌자 어른들의 말도 달라졌다. "잘한다, 잘한다"라며 나를 부추겼다. "순수하고 착하고 특이해, 너는. 참 재미있어"라며 칭찬인 듯 아닌 듯 모호한 말을 했다. 지금 와서 하나씩 떠올려보면 칭찬은 아니었던 것 같다. 엄마는 언제나 착하게 살아야 한다고 나를 가르쳤지만, 착하다는 것은 험한 사회에서 좋은 먹잇감이 되는 조건이기도 했다. 물론 어른들의 이야기에 배워야 하는 점이 많다는 사실은 알고 있다. 그러나 나와 가장 가까운 부모님이라도, 나를 보호하려는 어른이라도 내가 될 수는 없다. 나와 같은 꿈을 꿀 수 없고, 나만큼 내 인생에 절실하지 않다. 내가 겪는 현실을 그대로 겪을 수도 없다. 나를 제외한 모두는 결국 타인이라는 말이다.

최근에 데뷔 초의 영상을 볼 기회가 있었다. 살아남기 위해 노력하고 애쓰던 당시의 내가 참 안쓰러워 보였다. 그 시간을 후회하지는 않는다. 다만 꿈을 이루기 위한 길에서 나를 지켜줘야 하는 건 그 누구도 아닌 나 자신이라는 사실을 이제는 알 뿐이다. 당시에는 몰랐거나 중요하다고 생각하지 않았지만, 돌이켜보면 그때 나에게 따뜻한 칭찬 한 번 해주지 못했기에 꽤 오래 힘든 시간을 겪어야 했던 것이 아닐까 싶다.

늘 스스로에게 물어야 한다. 꿈이라는 장벽 앞에서 얼마나 나 자신을 아끼고 사랑하고 있는지, 내 몸을 소중히 다루고 있는지, 마음을 혹사하고 있는 건 아닌지, 말도 안 되는 일들로 스스로를 잃어가는 건 아닌지 꼭 묻고 답하는 시간을 가져야 한다. 꿈을 꾸는 건 아름다운 것이지만, 꿈을 이루는 과정은 꽃길이 아닌 수많은 고난과 시련이 존재하는 가시밭길을 걷는 것에 가깝다. 마음처럼 되지 않고 예상치 못한 상황들을 견뎌내야 작은 성과라도 얻을 수 있다. 그만큼 쉽지 않은 길이기에 꿈 앞에서만큼은 이기적이라는 말을 듣더라도 내가 먼저여야 한다. 스스로를 지키지 못하면 꿈을 이루는 것이 무슨 의미가 있겠는가.

늘 스스로 점검해봐야 한다. 타인으로 인해 꿈의 노예가 되어 자신을 혹사하고 있는 건 아닌지, 나로 사는 것이 아니라 누군가의 인형 놀이의 대상이 되는 건 아닌지 스스로에게 질문해야 한다. '나'라는 사람이 진짜로 원하는 것을 찾는 연습이 필요하다. 그 과정을 거치지 못하면 '남이 하니까' '남이 원하니까'라는 이유로 무수히 많은 나를 잃게 된다. 아무도 나를 위해 독이 든 사과를 걸러주지 않는다. 깨물어보거나 모양을 유심히 살펴 독이 든 사과를 골라내야 하는 것은 나 자신이다. 그러므로 스스로를 지키는 힘을 기르기 위해 노력해야만 한다. 그것이 생존의 길이다.

그냥 　　　　남들처럼 살면 안 돼?

물방울 화가 고故 김창열 선생님은 오십의 나이가 돼
서야 100호 그림의 가격으로 천만 원을 받았다고 한다.
지금은 작품 한 점당 수억 원의 가치로 평가받는 분이지
만, 그런 대가 역시 오십이 되어서야 자신이 그린 그림
으로 천만 원이라는 돈을 벌 수 있었다. 무언가를 위해
쏟아부은 시간과 노력, 열정에 대한 인정을 받는 시기는
모두 다르다. 그러나 분명한 것은, 중간에 멈추었다면,
자신에 대한 기대를 스스로 거뒀다면 지구상의 예술가
와 예술품은 모두 사라졌을 것이란 사실이다. 인생은 장

담할 수 없다. 한 사람의 삶이 어떤 형태로 변화할 수 있는지 아는 사람은 아무도 없다. 삶을 살아가는 자신조차도 분명한 결과를 알지 못한다. 그럼에도 자신의 길을 꾸준히 나아가는 사람에게는 반드시 그에 따른 결과가 남는다. 내가 포기하지 않고 새로운 것, 또 다른 도전을 하는 이유도 여기에 있다.

늘 그래왔듯 나는 일단 직진이다. 내 소신에 투자하고, 모호한 확률보다 스스로에 대한 확신으로 방향을 정한다. 사람들은 안정적이고 안전한 선택을 선호하지만 나는 늘 나에게 자극이 되는 선택을 한다. 편한 길을 두고 조금 돌아가더라도 내가 진짜 원하는 선택을 하려고 애쓴다. 무엇을 하든 일단 나의 의지로 해야만 후회도 절망도 의미가 있다.

지금껏 내가 가장 많이 들었던 질문은 "잘하던 거 계속하면서 그냥 평범하게 남들처럼 살면 안 돼?"이다. 대부분의 사람들은 왜 그렇게 어려운 방향을 선택하는지 이해할 수 없다는 시선으로 나를 바라봤다. 그래서 종종 일부러 숨어 지내거나 나를 세상으로부터 단절시키기도 했다. 그런데 문득 '내가 왜 그래야 하지?' '내가 잘못한

게 있기는 한가?'라는 생각이 들었다.

나는 누군가의 삶을 대신 사는 것이 아니라 나의 삶을 사는 중이다. 내가 원하는 방향을 선택하고, 나 자신의 행복을 위한 결정을 하는 게 당연하다. 누군가 나의 결정을 이상하게 볼 수 있지만 그렇다고 내 결정이 잘못된 것은 아니다. 그저 내가 사는 방식일 뿐이다. 이런 생각을 하고 나니 스스로 좀 더 당당해졌다. 피하거나 숨기보다 내가 하는 모든 선택 앞에 가슴 펴고 당당한 목소리를 내겠다는 각오가 생겼다.

물론 여전히 선택의 순간에는 수많은 방향을 두고 고민을 거듭한다. 가끔은 두렵기도 하다. 내가 한 선택에 대한 책임은 온전히 내 몫이기에 책임의 무게가 나를 누를 때도 있다. 꼭 해야만 하는 다른 선택을 놓치고 있는 건 아닐까 싶은 걱정도 늘 따라다닌다. 결혼과 출산처럼 때가 있는 선택이 그렇다. 그러나 무엇이든 다 가질 수 없고 선택에 따른 기회비용 역시 받아들여야 한다. 한 번뿐인 인생인데, 가고 싶은 방향으로 걸어가보는 것이 더 좋지 않을까. 이렇게 결정한 이상 가지 못한 길에 대한 미련은 버릴 수 있어야 한다.

지금까지 한 번도 쉬웠던 적은 없다. 운이 좋기도 나쁘기도 했지만, 그 모든 순간에 나는 백 퍼센트의 진심으로 살았다. 미루거나 누군가의 뒤에 숨지 않고 내 삶을 나의 의지로 채웠다는 사실은 지금도 스스로에게 꼭 칭찬해주고 싶은 일이다. 그렇게 살아오며 내 안에 쌓인 힘은 앞으로 내가 가는 길에 단단한 바탕이 되어줄 것이다. 어떤 어려운 순간 앞에서도 의연할 수 있는 것은 그런 시간이 있었던 덕분이다. 마이너스로만 가득한 삶은 없다. 당장은 손해 보는 것 같아도 그 경험은 반드시 언젠가 삶에 큰 자양분으로 돌아온다. 그러니 삶은 스스로의 의지와 선택으로 완성해나가야만 한다.

쓸모 있는   인간

악플, 동영상 루머, 도난까지 내가 어찌할 수 없는 일
들이 연이어 내 발목을 잡았다. 지금도 그 시기를 생각
하면 숨이 턱턱 막힐 때가 있다. 그런데 당시의 나는 화
살을 나에게 돌리기 바빴다. '너는 왜 세상에 필요 없는
존재가 될 때까지 아무것도 하지 않았어?' '네가 뭔가 잘
못했으니까 사람들이 돌을 던지는 거잖아'라고 나를 혼
내고, 미워하고, 원망했다. 예상치 못한 시련 앞에서 늘
자책하며 괴로워했다. 남에게는 잘 웃고, 남의 이야기는
잘 들어주고, 남이 힘들다고 하면 함께 울어주었으면서

왜 스스로에게는 그런 너그러운 배려들이 어색했는지 모르겠다.

내가 좋아서 시작했으니 모든 결과는 내가 책임져야 한다고 생각했다. 나를 증명하려면 그 방법뿐이라고 여겼다. 그래서 '쓸모 있는 인간이 되자'라는 말을 주문처럼 되뇌었다. 사회에, 다른 사람들에게 필요한 사람이 되면 나를 미워하지 못할 것 같았기 때문이다. 긍정적 영향을 주는 사람이라는 새로운 역할을 스스로에게 만들어준 셈이다. 기부를 하고, 봉사 활동을 다니면서 누가 봐도 쓸모 있는 인간이라 여길 수 있게 노력했다. 그렇게 시간을 쓰다 보니 조금씩 변화가 생겼다. 습자지처럼 감정의 흡수가 빠른 나는, 상대의 선의의 눈빛이나 고마움을 전하는 표정에 마음이 풀렸다. 단번에 모두의 애정을 되찾을 수는 없었지만, 나를 모르는 다수보다 눈앞에 있는 한 명의 눈빛이 나에게 더 강한 영향을 미쳤다.

미술을 매개로 한 봉사 활동에도 적극적으로 참여했다. 이때 만나서 십 년 동안 관계를 이어가는 이들이 경동원 아이들이다. 첫 방문 때는 긴장을 많이 했다. 아이들을 만나면 슬프고 안타까운 마음이 먼저 들어 눈물을 보일까 봐 걱정도 됐다. 그러나 막상 그곳에서 만난 아이들은 아이다운 모습일 뿐이었다. 오히려 내가 안타까운 인식으로 아이들을 보려 했던 건 아닌지 반성하는 계기였다. 아이들이 다른 게 아니라 그 아이들을 어떤 눈으로, 어떤 마음으로 바라보는지에 차이가 있음을 깨달았다.

단 한 가지, 아이들과 한 약속은 아주 사소한 것이라도 반드시 지켜야겠다는 다짐을 했다. 헤어지기 싫다고 투정을 부리던 아이도 선생님의 한마디에 "안녕"이라고 인사하고, 가지 말라고 떼쓰기보다 익숙하게 이별을 받아들이는 모습을 보며, 이들에게 만남과 이별 그리고 다시 보자는 인사는 절대 흔히 하면 안 되겠다는 생각이 들었다. 약속을 지키는 어른이 되고 싶었다. 그래서 그후로 지금까지 십 년째 아이들과 함께하며 약속을 지키는 중이다.

매일 얼굴을 볼 수는 없어도 TV나 온라인 뉴스에서 나를 발견하고 아이들이 알은체하거나, 주변에 자기가 아는 누나라고 소개하며 뿌듯해한다는 이야기를 전해 들을수록 내 존재의 이유를 찾게 됐다. 누군가에게 좋은 영향을 줄 수 있다는 사실이 내가 버틸 수 있는 힘이 되었다. 손길을 내밀어 누군가에게 힘이 되어주는 것. 그렇게 함께 손을 잡는 것이 좀 더 나은 삶을 위한 첫걸음이지 않을까. 나는 아이들이 잡아준 따뜻한 손길 덕분에 힘든 시기를 이겨내고 나 자신과도 손을 맞잡을 수 있었다.

우리는 누군가 무심코 던진 돌에 상처 입지만, 다른 누군가 따스하게 잡아주는 손길에 다시 살아갈 힘을 얻는 존재들이다. 그게 어렵더라도 스스로의 손을 마주 잡아줄 수 있다면 조금 더 나은 삶을 만들 수 있다. 이 사실을 깨달으니, 하루 한 번의 칭찬이면 '더 괜찮은 나'를 완성할 수 있는데 그 쉬운 일 하나를 못 해서 긴 시간 아파야 했나 싶었다. 그때부터 아침에 세수하면서 매일 한 번씩 나에게 "충분히 잘하고 있어"라고 이야기해주는 습관을 만들었다. 여전히 스스로에게 긍정 에너지를 충전해줄 수 있는 방법을 찾아가는 중이다.

나다운 것이   뭔데?

　　나는 매일 내가 궁금하다. 뻔뻔하게 들릴 수도 있지만, 종종 '어떻게 이런 생각을 했지' 싶어 놀랍고, '어쩜 그런 말을 할 수 있지'라며 웃는다. 남들도 나에게 느끼는 감정이 비슷했는지, 학창 시절부터 데뷔 초 방송을 할 때까지도 늘 나를 신기한 눈으로 봤다. '남들과 다른 반응을 하는 아이'라는 인식이 강했다. 신기한 아이, 이상한 아이, 4차원을 넘어 8차원에 가까운 아이 등 수식어도 여럿이었다. 그때도 나는 그냥 나였다. 궁금한 것이 있으면 물었고, 모르는 것을 안다고 말하지 못했다.

솔직한 내 모습 그대로를 보이는 것이 전부였다.

시간이 꽤 흐르고 돌이켜보니 그때의 솔직함이 때론 무례함으로, 때론 천방지축의 철없는 모습으로 보였을 수도 있겠다는 생각이 든다. 나다우면 되는 거라고 여겼는데, 나다운 것을 좋게 포장하는 방법도 알고 있어야 했다. 나에게 그런 능력이 있었다면 더 나를 지킬 수 있었을 것 같다. 물론 상처를 받지 않았다면 사랑도 받지 못했을 확률이 높다는 사실을 알고 있다. 내가 신기하니까 관심이 생겼을 거고, 부정적인 말을 하면서도 한 번 더 찾아보고 눈길을 주었을 테니 말이다. 연예인이라는 직업을 가진 사람에게 대중의 관심과 눈길보다 더 중요한 게 뭐가 있나 싶을 때는 욕도 관심이라며 고마워했다. 그렇게 나를 다독이고 있었던 셈이다.

내가 자만했다. 나를 잘 안다고 자만하고, 나는 괜찮다고 자만했다. 바쁘다는 핑계로 세세하게 신경 쓰지 못하는 사이에 나는 누더기 같은 마음을 가진 못난이가 되었다. 불행 중 다행이라면 아직 치료 시기를 완전히 놓친 건 아니라는 사실이었다. 영원히 돌이킬 수 없어지기 전에 스스로에게 손을 내밀 수 있었고, 그동안 잘못 알

고 있던 나라는 사람을 제대로 알아보자는 생각이 들었
다. 그때 시작한 것이 미술 치료였다.

그림은 제한이 없는 느낌이었다. 말은 답을 정해두고
'이렇게 말해야 정상적인 사람이야'라는 기준이 있다면,
그림은 자유로웠다. 그리는 이의 감정과 생각, 마음을
모두 자유롭게 풀어놓아도 충분히 이해받을 수 있는 듯
했다. 이런 경험을 차곡차곡 쌓으면서 점차 세상을 보는
내 눈도 달라졌고, 나라는 존재의 가치도 다르게 느껴졌
다. 가치관의 변화는 세상을 흔드는 변화와 다름없었다.

그러나 그림을 그리면서도 나는 응원받지 못했다. 사
람들은 방송 잘하고, 노래 잘 부르다가 갑자기 예술가가
되겠다는 거냐며 비웃었다. 가족과 친구들조차 걱정스
럽다는 시선을 보냈고, 대중은 편견과 의심의 눈초리로
바라봤다. 그런데 나에게는 그 모든 반응이 보이지 않을
정도의 절실함이 있었다. 어렵게 찾은, 나를 살려줄 동
아줄을 놓칠 수 없었다.

2009년부터 찾아온 슬럼프는 끝없는 우울감을 선사
했고, 엎친 데 덮친다고 그 시기에 집안에도 좋지 않은

일이 생겼다. 결정적으로 집에 도둑이 들어 모든 것이 0으로 돌아갔다. 나는 엉망인 상태였고, 삶은 부서졌다. 그때 아주 작은 틈새로 빛이 들어온 것이다. 출구 없는 우울의 터널을 지나는 동안 얼마나 간절하게 바랐던 빛인지 모른다. 그러니 당연히 놓치고 싶지 않을 수밖에. 그때부터 미술만이 나를 버티게 만들어주는 유일한 창구였다.

이때부터 내가 도둑맞을 수 없는 것이 무엇인지 고민하기 시작했다. 잠에서 깨면 특별히 해야 할 일도, 가야 할 곳도 없던 시기라 하루가 길기만 했다. 그 시간을 등산과 서점, 미술로 채웠다. 그러면서 점점 내가 도둑맞을 수 없는 것들이 무엇인지 깨달아갔다.

우선 하고 싶은 일이나 지금의 기분을 일기로 쓰면서 동시에 그림으로 그렸다. 그러다 보니 나라는 사람의 힘듦이 어디서 시작해 어디로 흐르는지 알게 됐다. 자신을 찾아가는 단계를 겪었던 셈이다. 시간이 조금 더 지나자 나처럼 힘든 이들이 보이기 시작했고, 사회에서 일어나는 일들에 관심이 생겼다. 내 감정과 생각을 그리던 것에서 소재를 확장해 내가 관심을 가지는 것들까지 그리

신데렐라의 뇌 구조 | 2011년, 캔버스에 아크릴, 90.9×72.7cm

게 됐다. 나의 이야기를 넘어 사회의 이야기를 하게 된 것이다. 시선이 밖으로 향하고 생각이 외부로 뻗어나가면서, 나만의 문제에 빠져 질식할 것 같은 시간이 줄었다. 점점 생기도 되찾게 됐다.

나답게 산다는 것은 어찌 보면 외롭고 고독한 길이다. 끝없는 두려움에 맞서야 하고, 무거운 짐을 항상 지고 있어야 한다. 한시도 긴장을 풀 수 없다. 그럼에도 나답게 살아야 하는 이유는 우리가 하루를 살아도 행복을 느끼고 싶어 하는 인간이기 때문이다. 수동적인 삶이 아닌 능동적인 삶을 살아야 행복해지고, 모두가 같은 모습으로 변해가는 사회에서 나다운 것을 간직할 때 나라는 사람의 쓸모와 가치가 분명해진다고 생각한다.

나는 가치 있는 인간일 때 행복을 느끼기에 더더욱 나를 찾는 일에, 나를 분명하게 표현하는 일에 몰입하게 됐다. 남과 다르다고 두려워하지 않는 것. 인간이 가진 본능 중에서 최고의 능력이기도 한 창작의 욕구를 키워가는 것. 어쩌면 이런 것들이 나다운 삶을 만들어가는 과정 아닐까.

나,　　　잘 살고 있는 거 맞니?

　　가수로 데뷔한 내가 예능을 열심히 하게 된 것에는 몇 가지 이유가 있다. 첫 번째는 개인적인 이유이다. 중학생이던 시절, 우리 부모님은 자주 싸우셨고 그때마다 나는 이불 속으로 숨어들었다. 이불을 뒤집어쓰고 예능 프로그램을 보면서 아무 생각 없이 웃고 나면 그간의 걱정이나 슬픔이 흔적 없이 사라졌다. 그때마다 속으로 '내가 연예인이 되면 꼭 예능 프로그램에 나가서 사람들을 웃겨줄 거야. 지금의 나처럼 힘들어하는 사람들에게 웃음을 주는 사람이 되고 싶어'라고 다짐했다.

또 다른 이유는 데뷔 후 목격한 한 장면 때문이었다. 당시는 예능 프로그램 PD가 음악 프로그램 PD를 겸하던 시절이었다. 그래서 음악 프로그램에 나가 무대에 서고 노래를 들려주기 위해서는 예능 프로그램 PD에게 가수를 적극적으로 알려야 했다. 이런 이유로 예능 출연에도 소위 목숨 걸던 시절이었다. 방송국에 도착했는데 한쪽에서 매니저 실장님이 PD를 붙잡고 연신 고개를 90도로 숙이며 타이푼 CD를 건네고 있었다. "저희 솔비잘 부탁드려요. 한번 출연시켜주세요, PD님."

그러나 앞에 선 PD는 귀찮음이 잔뜩 묻어난 얼굴로 시큰둥하게 매니저 실장님을 보고 있었다. "걔 잘해?"라는 말에서도 부정적 뉘앙스가 묻어났다. 신인이니까, 모르는 얼굴이니까 당연하다고 생각하면서도 한편으로 오기가 생겼다. 나 때문에 애쓰고 아쉬운 소리를 하는 실장님을 보는 맘도 편하지 않았다. 무슨 자신감이었는지 모르지만, 실장님에게 "진짜 고마워요. 한 달 안에 꼭 PD들이 나를 찾게 만들게요"라고 웃으며 진담 섞인 농담을 건넸다.

그때부터 내 마인드가 확 바뀌었다. 열정이 넘치고

에너지가 과하다 못해 흘러넘쳤다. 한마디로 전투력 맥스 상태가 된 것이다. 나 때문에, 나를 위해서, 우리 팀을 알리려고, 어떻게든 일을 만들기 위해 노력하는 사람들을 기쁘게 하고 싶었다. 원래도 예능 프로그램을 통해 사람들에게 웃음을 주고 싶은 마음이 있었는데, 웃음을 넘어 아예 나를 각인시키겠다는 생각을 한 계기였다. 그때부터 무슨 수를 써서라도 눈에 띄겠다는 자세로 방송에 임했다. 그렇게 마음을 먹었을 때 마침 출연한 프로그램이 〈엑스맨〉이었다. 방송 중에 피구를 하는 코너가 있었는데, 여자 연예인이 머리로 공을 받고 악착같은 모습을 보여주니 화제가 됐다. 당시만 해도 그런 캐릭터가 없던 시절이었으니까.

정말 신기하게도 내가 말했던 딱 한 달이 지나고부터 여러 예능 프로그램 PD들이 나를 섭외하려고 연락하기 시작했다. 당시에는 출연 요청이 많은 것보다 매니저 실장님에게 내가 한 약속을 지켰다는 사실이 더 기뻤다. 나를 보고 누군가 웃고 있을 모습을 상상하면 괜히 뿌듯했다. 그렇게 무명 시절 없이 데뷔 한 달 만에 인지도가 올라가는 행운을 얻었다. 연예인이 되려고 애쓴 시간은 십 년 가까이 되는데 막상 데뷔를 하니까 한번에 모든 게 이뤄진 기분이었다. 한 달 만에 일 년치 스케줄이 꽉 찬 연예인이 된 것이니까.

처음에는 감사함에 어찌할 바를 몰랐다. 현실이라고 믿을 수 없을 정도였다. 꿈을 이루는 순간이었으니 당연히 좋을 수밖에 없었다. 당시에 솔직하고 발칙한 캐릭터가 없었기 때문에 PD들은 나를 좋아했다. 나는 어떻게 보이는지보다 그저 솔직한 모습을 보여주겠다는 생각뿐이었다. 주변에서도 너무 좋다는 말뿐이었다. 날것의 모습이 많이 나올수록 칭찬을 받았다. 그러다 보니 나도 '어디까지, 어떻게 나를 보일 것인가' 하는 기준을 잃었다. 무조건 잘되어야 하고, 무조건 한 번의 기회라도 더 잡아야 한다는 생각에 정작 '나'는 어떻게 되는지 돌볼 여유가 없었다. 스케줄은 너무 많았고, 내가 만나는 사람들은 한정적이었으며, 그들은 모두 좋다는 말만 해줬으니까. 깊게 생각할 시간은 사치인 날들이 그렇게 지나가고 있었다.

그러던 어느 날, 데뷔하고 처음으로 친구를 만났다.

신나는 마음으로 약속 장소에 가서 반갑게 인사를 했는데, 시간이 조금 지나자 친구가 내 눈치를 보며 "너는 왜 그런 캐릭터로 방송을 하는 거야? 사람들이 다 네 욕만 해"라고 말을 꺼냈다. 당황스러웠다. 지금까지 누구도 이런 이야기를 하지 않았고 다들 좋다고만 했는데, 내가 알고 있는 반응과 완전히 다른 이야기였다.

이 일을 계기로 포털 사이트 댓글의 존재를 알게 됐다. 댓글의 영향을 받으면서 혼란스러웠다. 분명 좋은 분위기로 방송을 마쳤는데 사람들의 반응은 모두 안 좋았다. 나는 마치 사건 사고를 일으킨 사람처럼 온갖 악플의 주인공이 되어 있었다. 자존심이 상하고 슬펐다. 혼란스러워서 더 갈피를 잡지 못했다. 그렇다고 댓글을 보지 않을 수도 없었다. 앞으로 조금이라도 덜 욕먹고 싶었으니까.

그런 상태로 시간은 착실히 흘렀고, 삼 년쯤 지나고 나니 많은 스케줄에 가려져 있던 것들이 명확하게 보이기 시작했다. 돌이키기에는 너무 멀리 온 느낌이었다. 그때부터 정체성도 존재 이유도 잃어버렸다. '나는 왜 연예인이 되고 싶었지?' '내가 가수가 된 이유가 뭐지?'

'나는 어떤 모습이고, 내가 바라던 것은 무엇이었나?' 내가 나에게 하는 질문들이 꼬리에 꼬리를 물고 이어졌고 제일 마지막 질문은 '지안아, 너 잘 살고 있는 거 맞니?' 였다.

아무것도 묻지 않고, 보지 않고, 모른 척하면서 스케줄대로 움직이던 삶은 끝났다. 내가 모른 척했던 나의 시간은 결국 칼이 되고 화살이 되어 돌아왔고, 끝없이 살을 파고들어 상처를 만들었다. 그때부터 긴 슬럼프가 시작되었다.

"물감의 색을 선택하듯, 스스로에게 확신을 가진다"

PART 2

기
록
하
기

몰라서   용감했다

　하루도 빼놓지 않고 그림을 그렸다. 마음에 담아둔
감정을 쏟아내기 시작하니, 끝없이 밀려오는 해일처럼
그리고 싶은 것이, 그려야 할 것이 생겼다. 당연히 집 안
곳곳에 내가 그린 그림들이 쌓여갔다. 집에 놀러 왔다가
그림을 본 친구가 툭 던지듯 "그림도 꽤 모인 것 같은데
작은 전시회를 해보면 어때?"라고 전시회 아이디어를
냈다. 나는 당연히 내가 무슨 전시회를 하냐며 말도 안
된다고 펄쩍 뛰었다. 그렇게 전시 이야기는 지나가는 듯
했는데, 시간이 좀 더 지나고 큐레이터에게 같은 제안을

다시 받았다.

"솔비야, 작고 편안한 분위기의 전시를 해보자. 지인
들도 초대하고 너의 생각이나 마음을 주변 사람들과 나
누는 자리 정도로 생각하면 어때?"

"나는 전문 작가도 아닌데, 전시를 해도 괜찮아?"

"그럼. 당연히 괜찮지. 수익금은 아프리카에 학교를
짓는 단체에 기부하자."

"기부를 할 수 있어? 그런 의미라면 작게, 정말 아주
소소하게 해봐도 좋을 것 같아."

봉사 활동, 재능 기부, 나눔 등의 키워드에 관심이 클
때여서 기부를 할 수 있다는 말에 마음이 움직였다. 누
군가에게 작은 도움이 될 수 있다면 그것만으로도 충분
히 의미가 있을 것 같았다. 쓰임이 너무 좋았기에 용기
를 낼 수 있었다. 딱 하나의 목적으로 열두 점 정도의 그
림을 건 첫 번째 전시를 열었다. 더 많이 돕고 싶다는 생
각에 지인들의 물건을 받아 함께 판매도 진행했다. 솔직
히 말하면 전시회라기보다 내가 여는 소규모 모임에 가

까웠다.

　이 전시를 통해 내 인생의 첫 컬렉터도 만났다. 당시 온라인을 통해 퍼지는 거짓 이야기로 인한 피해에 사회적 관심이 높았다. 특히 유명인들과 관련한 이야기가 많았는데, 나 역시 피해 당사자 중 한 명이었다. 직접 경험한 사이버 루머(테러에 가깝다고 생각한다)는 엄청 심각한 문제였다. 진원지를 알 수 없으니 어디에 해명을 해야 할지 몰랐고, 기사가 나거나 기자들의 문의가 있는 문제도 아니니 거짓이라 말할 창구도 없었다. 특히 나와 가까운 사람들이 "너 그거 사실이야?"라고 물을 때는 정말 괴로웠다. 친구들도, 가족들도 나를 믿지 않는데 전혀 모르는 사람들은 당연히 사실이라고 알겠구나 싶어서 절망감이 엄청났다.

　이런 거짓 루머의 양산이 카카오톡을 통해 많이 이뤄졌다. 이 때문에 카카오톡에서는 문제의 해결책을 찾자는 취지로 직원 대상의 강의를 진행했고, 내가 초청받아 피해자의 입장에서 경험한 이야기들을 들려줄 기회가 생겼다. 이때의 강의를 계기로 인연을 맺은 이석우 대표님이 나의 1호 컬렉터다. 노란 바탕에 태권 브이를

내 아이 │ 2011년, 캔버스에 아크릴, 72.7×90.9cm

들고 있는 아이를 그린 〈내 아이〉라는 그림을 구매하시며, 아이들의 방에 걸어주겠다고 하셨던 기억이 아직도 선명하다. 나를 믿어준다는 느낌이 강했다. 그림이 마음에 들어서든 나와의 인연을 생각해서든, 누군가 내 그림에 비용을 들인 것은 '나에 대한 믿음의 대가구나'라는 생각이 들었다. 그 믿음을 지킬 수 있는 사람, 믿음에 배신당했다는 생각이 들게 하지 않는 사람이 되겠다고 다짐하는 계기였다.

그 외에도 전시회 동안 두 점의 그림이 더 팔렸다. 크지 않은 금액이지만 기부를 하니 마음속이 뿌듯함으로 채워졌다. 미술 전시의 정확한 개념을 몰랐기에 용기를 낼 수 있었다. 한마디로, 몰라서 용감했다. 지금 생각하면 부끄럽고 민망한 마음이 앞서지만, 한편으로는 그때가 아니면 절대 할 수 없었던 일이라는 생각에 소중한 추억이기도 하다.

내가 그린 그림이 나를 치유하고, 누군가에게 의미를 가지며, 또 다른 이들을 돕는 매개체가 되는 경험이라니. 이로 인해 알아버린 감각은 계속해서 느끼고 싶은 종류의 것이었다. 당연히 욕심이 생겼다. '더 잘 그리고 싶다' '더 괜찮은 사람이고 싶다'는 마음이 커졌다. 감정을 털어놓는 그림 그리기가 아니라 진짜 작품으로서의 그림을 그리고 싶다는 생각 역시 이 전시회로 인해 마음에 자리 잡았다.

모를 땐 무작정 저질러보는 것도 새로운 길을 여는 방법이 될 수 있다. 생각으로 그치지 말고 일단 해보자. 뭐든 해야 그다음이 생긴다는 사실을 우리는 다 알고 있다. 나 역시 이때의 경험 덕분에 지금까지 십 년 넘게 그림을 그릴 수 있었다. 일단 하면 뭐든 남는다.

그림을 그리는   작가가 되고 싶어요

사람에게는 살면서 세 번의 기회가 온다고 한다. 그
렇다면 나는 첫 번째 기회를 연예인이라는 꿈을 이루는
데 쓴 것 같고, 두 번째 기회는 사람을 만나는 데 썼다고
할 수 있다. 그림에 관심을 가지고 얼마 지나지 않아 이
정권 대표님을 만났다. 한 모임에서 우연히 옆자리에 앉
았고, 미술계에서 일을 하고 계셨기에 자연스럽게 궁금
했던 것들을 질문하며 이야기를 이어갈 수 있었다.

처음에는 반응이 뜨뜻미지근했다. 내가 가진 미술에
대한 관심을 연예인의 취미 생활, 찰나의 호기심 정도로

여기는 것 같았다. 그러다가 내 태도가 진지하다고 여겼는지, 묻는 말에 짧게 답만 해주던 대표님이 첫 질문을 했다. "왜 그림 작가가 되고 싶어요?" 무조건 솔직히 답해야 한다는 생각이 들었다. 대답을 잘하는 것보다 진심으로 대답하는 것이 중요할 것 같아 마음에 담아두었던 이야기를 시작했다.

"저는 하고 싶은 이야기가 많은 사람인 것 같아요. 그런데 연예인이라는 직업의 특성상 어디에 말을 할 곳이 없더라고요. 내가 사는 삶, 내가 하는 생각을 말로 뱉는 순간 논란이 되고 오해를 만들어서 더 조심스러운 것도 있어요. 방송에서는 솔비라는 캐릭터가 가진 성격 때문인지 진지한 이야기는 편집되기도 하고요.

그렇게 하지 못한 이야기가 하나씩 쌓이니까 그 무게로 숨이 안 쉬어질 때가 있어요. 대중이나 방송에서 원하는 이미지의 인물로 살다 보니 진짜 나는 누구인지 잃어버리는 것 같기도 하고요. 솔비와 권지안은 분명 같은 인물인데 어느 순간부터 전혀 다른 사람이 되어버렸어요. 당연히 자아 혼란이 왔고, 진짜 나를 찾지 못해서 우울증도 겪고 있죠. 우울증을 치료하는 과정에서 그림을 처음 그렸는데, 지금까지 느껴보지 못한 해방감을 느꼈어요. 처음으로 말이 아니어도 내 생각을 이야기할 수 있다는 사실을 알았죠. 그러면서 그림이 가지는 힘에 대해 알게 됐고, 더 진지하게 그림으로 이야기를 하고 싶어졌어요."

내가 하는 이야기를 듣던 대표님이 "진정성이 있네요"라는 말을 하고는 다음에 다시 만나서 이야기를 나눠보자고 하셨다. 내 진심이 누군가에게 온전히 닿았다는 생각에 조금 들떴던 것 같다. 그렇게 여러 번 만나며 진지한 이야기들을 나눴다.

"지안 씨, 미술을 알리고 싶다고 했는데 이유가 있어요?"

"현대사회를 살아가는 사람들은 대부분 저와 비슷한 고민을 가지고 있다고 생각해요. SNS가 발달하고 온라인이 활성화되면서 사람들은 어떤 방식으로든 자신을 보여줘야 하고, 매번 이해받지 못하기도 하잖아요. 그럴 때 마음의 탈출구를 하나 만들어두면 조금 나아지더라고요. 미술은 특히 좋은 숨구멍이에요. 그 사실을 알리고 싶어요."

"그건 전문 미술 작가가 아니어도 가능하지 않아요?"

"솔비가 취미로 그림을 그리다가 '미술 좋아요. 한번 해보세요' 하면 어떤 느낌이 들 것 같아요? 연예인이 쉽게 말하는 거라고 생각하지 않을까요? 진정성이 떨어지고 설득력도 없을 거예요. 그래서 저는 작가로서의 길을 걸어가보고, 그다음에 이야기를 하고 싶어요. 그래야 진짜로 받아들여질 테니까요. 미술은 저를 치유했어요. 이 건강한 기능을 더 많은 사람에게 꼭 알리고 싶어요. 지금껏 살아왔던 인생 말고 다른 삶에 도전하는 제 모습이 '솔비도 하는데 나도 할 수 있지 않겠어?'라는 용기를 줄 수 있지 않을까요?"

미술에 대해 가지는 생각, 그림을 통해 궁극적으로 가고 싶은 길 등을 고민하면서 서로가 생각하는 방향성이 같다는 결론에 닿았다. 그때부터는 함께 '무엇을' 할 것인지 고민하기 시작했다. 지금까지 내가 그린 그림은 일기의 다른 형태였다. 감정이나 생각, 내가 겪은 상황들 속에서 하고 싶었던 이야기를 담아내는 것이 전부였다. 그러나 삶 속으로 조금 더 깊이 들어가서 삶을 그림으로 담아내는 작업을 하고 싶다는 욕심이 생겼다.

여기에는 꾸준히 그림의 가치와 방향에 대해 이야기해줬던 대표님의 영향도 컸다. 대표님은 항상 "그림은 무엇을 그리느냐, 얼마나 똑같이 그리느냐로 가치가 생기는 것이 아니에요. 작가의 삶과 그림의 당위성이 맞아서 하나의 이야기가 되었을 때 그림의 가치가 커진다고 생각해요. 지안 씨도 그런 방향으로 고민하면서 그림을 그렸으면 좋겠어요"라고 이야기해주었다. 그러다 보니 붓을 들고 눈에 보이는 것을 그리는 것에서 벗어나 내 삶을 하나의 작품으로 남기는 방법에 대해 고민하게 됐다.

과연 나를 어떻게, 어떤 형식으로, 어떤 작품으로 표현해낼 것인가. 권지안의 인생을 캔버스에 어떻게 담아낼 것인가. 권지안은 왜 이런 표현을 하는 것인가. 이 모든 질문의 답을 찾아내는 것이 첫 과제였다. 과제를 잘 해결해야만 어렵게 얻은 기회를 온전히 내 것으로 만들 수 있었다. 그래서 꽤 오래 고민하고, 스스로와 긴 대화

의 시간을 가졌다. 그렇게 찾아낸 답은 오직 나만 할 수
있는 자아의 융합 과정을 담아낸 '셀프 컬래버레이션'
작업으로 이어졌다.

내가 나를   만나는 과정

내 안에 담긴 가장 큰 영역은 음악이다. 가사를 쓰면서 생각을 글로 적는 경험을 했고 음악에 이야기를 담는 것이 익숙했다. 이런 비슷한 연결고리를 그림에도 적용해봤다. '음악을 그림으로 그려보면 어떨까?'라는 생각이다. 음악을 하는 가수 솔비와 그림을 그리는 권지안이 만나, 자신과의 컬래버레이션을 통해 청각 예술을 시각 예술로 변환하는 작업이었다.

사실 내 마음 깊은 지점에는 솔비에 대한 미움이 있었다. 솔비는 어린 시절의 미숙한 나였다. 철이 없었고,

사려 깊지 못했다. 실수도 했고, 욕망이나 욕구에 무너질 때도 있었다. 그로 인해 많은 이에게 부정당하는 사람이 됐다. 나 역시 솔비는 내가 아니라고 부정하고 싶었다. 그런데 솔비를 떼어내고 권지안을 이야기하는 것은 불가능하다. 우리는 다르지만 같은 존재들이고, 솔비의 시간이 없다면 지금의 권지안은 존재할 수 없다. 이 사실을 인정하자 '솔비와 권지안이 다시 친구가 되어 함께 작품을 만들어보면 좋겠다'는 생각을 하게 됐다. 솔비는 그 나름의 결과물을 가지고 있었고, 권지안은 솔비와 다른 방향의 생각과 이야기를 할 수 있는 사람이었기에 가능한 실험이었다.

그림을 그리는 과정은 솔비가 담당했다. 무대에서 그림을 그리는 과정 역시 하나의 퍼포먼스로 완성해나가기로 한 것이다. 무대에 서면 상상보다 큰 에너지가 터지듯 발산된다. 그 에너지를 온전히 그림에 담아내고 싶었다. 캔버스를 무대로, 내 몸을 붓으로 삼아 그 순간의 흔적을 온전하게 남기고자 했다. 주제를 결정하는 것은 권지안의 몫이었다. 무엇을 담을 것인가, 내 안의 에너지를 활용해 어떤 이야기를 할 것인가를 정하기 위해 깊게 고민했다. 첫 주제는 나 자신과의 만남, 즉 카메라를 보며 에너지를 발산하는 가수 솔비와 카메라를 등지고 세상을 펼쳐내는 화가 권지안이 만나는 순간을 담아내고 싶었다.

준비 과정은 상상을 초월했다. 오 개월이라는 시간 동안 끊임없이 주제를 고민하고, 춤 연습을 거듭했다. 퍼포먼스가 시작되면 바로 그 순간에 작품이 완성되기에 긴장을 놓을 수 없었다. 레퍼런스가 따로 있는 것이 아니어서 머릿속으로 끝없이 시뮬레이션하는 수밖에 없었다. 첫 시도였기에 스스로도 확신이 없었다. '한번에 잘 해낼 수 있을까' '내가 원하는 과정이 그대로 담길까' 같은 고민이 많았다.

머리는 머리대로 분주했다면 몸은 온전히 고통스러웠다. 시멘트 바닥에 캔버스 한 장만 깔고 미끄러운 물감을 뿌리며 동작을 정확하게 하는 일은 쉽지 않았다. 예상치 못하게 미끄러졌고, 캔버스에 쓸리고, 자주 넘어져 다쳤다. 온몸에 시퍼렇게 멍이 들었다. 까지고 피가 나는 매일이었다. 마치 내 몸이 오래 써서 털이 빠지고 망가진 붓 같다고 느껴질 정도였다. 그러나 캔버스에 그려지는 결과물들을 보면 몸의 고통은 잊혔다. 여러 컬러의 물감이 섞이며 난생 처음 보는 색이 표현됐고, 내가 움직인 흔적들은 '내가 감정을, 음악을, 생각을 이렇게 표현하는 사람이구나'라고 알려주었다. 그렇게 새로운 세계를 느끼며 몸도, 생각도 조금씩 정돈되었다.

드디어 퍼포먼스 당일, 완벽한 에너지 분출을 위해 요청했던 카메라가 세워졌고 공연을 관람할 관객들도 입장했다. 캔버스를 콘셉트로 한 무대가 온전하게 완성됐다. 신곡 발표도 함께 했다. 이 퍼포먼스는 즉흥적인 행위예술을 하는 것이 아니라 완벽하게 계획한 공연을 보여주는 게 목적이었다. 움직임을 안무로 만들어 여러 번 연습을 한 것도 이런 연출을 위한 준비였다. 계획된 우연성의 작업이었다.

이날 나는 나를 활용해 하나의 작품을 완성했다. 음악이 흐르고, 내가 쓴 가사가 나의 마음이나 생각을 이야기했다. 에너지를 최대로 방출하며 퍼포먼스가 진행됐고, 움직임의 기록이 담긴 작품이 완성됐다. 오 분간의 무대를 통해 탄생한 첫 작품은 〈공상Daydream〉이다.

〈공상〉작업은 나에게도 크나큰 도전이었다. 음악과 미술이라는 두 영역 모두에서 나를 표현해내야만 했다. 더 넓고, 더 완전하게. 서로 다른 두 생명체가 내 안에서 만나 완전히 새로운 결과를 만들어내는 작업이었기에 나를 이해하고, 나를 설득하고, 나와 온전히 협업해야 했다.

나라는 사람은 어떤 하나의 자아로만 결정될 수 없다. 내 안에 존재하는 다양한 자아를 인정하고, 그들이 같은 방향을 향해 달릴 수 있게 해주면 스스로도 미처 깨닫지 못했던 결과를 만들어낼 수 있다. 자아와 자아가 협력해 하나의 결과물을 남긴 '셀프 컬래버레이션'은 솔비와 권지안의 첫 협업의 결과물이자, 자아의 가능성을 극대화해 보여준 작업이었다.

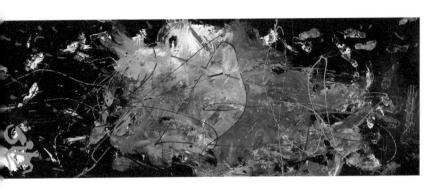

공상 | 2015년, 캔버스에 혼합 매체, 153.5×460cm

나에게 던지는 돌조차도　　　　　관심인 줄
알았다

　자아에 대해 생각하다 보니 내 질문은 점차 근원적인
부분을 향했다. 자연스럽게 자아를 드러내는 다른 창구
에 대한 고민으로 이어졌다. SNS가 많은 사람의 관심을
얻기 시작한 시기였기에 고민이 커졌던 것도 있다. 여기
에 개인적 이유까지 더해졌다. 영원히 내가 싸우는 괴
물, 악플 말이다. 내가 모르는 이야기들은 어디서 와서
어디로 가며 어떻게 완성되는 것일까? 정확한 정체도
모르는 것들 때문에 나는 왜 삶이 흔들리고 이렇게 괴로
울까? 사이버불링이 나를 얼마나 피폐하게 만드는지 궁

금했다.

그때부터 단순하게 생각하기보다 좀 더 깊고 치열하게 SNS의 역할이 무엇인지 고민했다. '현대사회에서 정보를 나누는 주요 매개체'일 뿐인 SNS가 왜 상처와 고통의 근원이 되는지에 대한 이야기를 해보고 싶다는 생각이 들었다. 지금 우리가 사는 시대의 새로운 선과 악이 SNS 아닐까? 그때부터 확인되지 않은 내용을 확대하고 재생산하며 허구의 상황과 인물을 탄생시키는 SNS의 문제에 집중했다.

그래서 실험을 하나 기획했다. 내 개인 SNS에 웨딩드레스 사진을 몇 번 연속해서 올려 나의 결혼 루머가 만들어지는지를 살폈다. 여기에 얼마나 빠른 속도로 루머가 퍼지는지, 정체 없는 루머는 어떻게 사실이 되는지 등을 실험했다.

실제로 웨딩드레스 사진을 올리자 결혼 기사가 났고, 포털 사이트에 '솔비 결혼'이라는 키워드가 등장했다. 검색어 순위가 존재하던 때였는데 꽤 오래 순위에 머물러 있는 것도 확인했다. 루머는 빠른 속도로 SNS에 퍼졌고 무한 확장되면서 덩어리가 커졌다. 결과적으로, SNS

는 허구로 상처를 남기는 무기였음을 확인했다.

이런 부분에 대한 고민은 2013년부터 이어졌던 것이다. 당시 〈엔터총〉이라는 작품을 완성해 고이갤러리에서 전시도 했다. 엔터 버튼을 누르는 것만으로 누군가에게 총을 쏘는 것과 같은 충격을 줄 수 있음을 이야기하는 그림이었다. 실제로 그렇게 발사된 무수한 총을 맞아봤기에 그 고통을 외칠 수 있었다. 그러나 사람들에게 큰 공감을 얻지는 못했다. 당시만 해도 사람들이 댓글로 힘들어하거나 SNS 문제로 죽을 만큼의 고통을 겪는 일이 많지 않았기 때문이다. 무관심이 답이라거나 연예인이 굳이 댓글을 봐서 문제를 만든다는 이야기도 많았다. 문제를 제기하면 오히려 예민한 사람이 될 뿐이었다. 나는 총을 맞았고 피를 흘리고 있는데, 맞은 사람이 문제라는 이야기를 들으며 더 좌절했던 기억이 난다.

그러나 좌절만 하고 있으면 어떤 것도 달라지지 않는다. 그럴수록 한 걸음 더 나아가 소리를 내야만 한다. 내그림들은 그렇게 온몸으로 내지른 외침이다. 개인의 치유를 넘어 사회적 치유가 필요함을 꾸준히 이야기했다.

SNS 월드 | 2016년, 비디오아트, 3분 9초

온라인이 활성화될수록 이 문제는 연예인만의 문제가 아니라 그 누구라도 피해자가 될 수 있는 문제이기에 더욱 사회적 인식이 필요하다고 느꼈다. 그렇게 스스로를 재료로 해서 나는 '소셜 네트워크는 이 시대의 또 다른 선악과인가?'라는 질문을 던지는 〈SNS 월드SNS World〉를 발표했다. 사회의 사각지대에 가려진 문제의식을 예술적 언어로 이야기한 것이다.

"솔비 씨, 십 년이라는 시간이 결코 짧지 않은데 그사이 가짜 동영상 문제, 악플러 문제 등이 있었음에도 잘 버텨줘서 고마워요. 솔비 씨가 잘 견뎌줘서, 버텨줘서, 목소리를 내줘서 사회 인식도 조금씩 변할 수 있었던 것 같아요."

인터뷰를 하는데 기자님이 해준 말이다. 이 말을 듣고 뭔지 모르게 마음이 뻐근했다. 내 삶이 상처뿐이라고 생각했는데 그렇지만은 않다는 위로를 받은 느낌이었다. 이를 계기로 더욱 사이버 문화에 대한 이야기를 해야겠다고 결심했다.

SNS 월드 | 2016년, 설치미술, 2.5×2.5×2.5m

사이버의 폐해로 인한 상처들은 내 삶에 큰 영향을 미쳤다. 트라우마가 생기고 마음의 상처가 되기도 했다. 하지만 이제 사이버 문제는 비단 연예인이나 공인만의 문제가 아니다. 타깃은 넓어졌고, 가짜는 계속해서 생산되고 있다. 속도는 더 불붙었다. SNS에서 한번 퍼진 내용은 사실 여부와 상관없이 사람들에게 노출되고, 주인공의 삶은 무너진다. 나 역시 그 주인공이었다. 그리고 이제야 나에게 가장 깊고 강한 상처를 남긴 주제와 정면으로 마주할 결심을 하게 된 것이다. 지금껏 돌멩이나 총알마저 관심이라고 애써 위로하며 방치했던 나의 상처에 올바른 약을 처방할 수 있는 사람은 나뿐임을 깨달았다.

오늘날 우리는 사이버 세상을 통해 또 다른 나를 수없이 만들어간다. 그리고 현실과 가상의 경계를 스스로 구분하지 못하기도 한다. 타인과의 비교로 상처받고, 타인의 삶이 나보나 나은 것에 좌절한다. 익명성에 숨어 타인에게 쉽게 돌을 던지고 타인의 상처를 헤집는다. 그러나 모든 행동에 책임이 따르듯 타인에게 입힌 상처는 나 자신에게 돌아온다. 스스로를 찌르는 일을 반복하는 것이다. 이 모든 악순환에서 벗어나기 위해서는 '나'라는 존재를 스스로 지켜내야 한다. 악한 일로부터, 악한 이들의 화살로부터.

소통의 창구라는 긍정적 역할도 하는 SNS지만, 부정적 소통 또한 있음을 명확히 인지해야 한다. 선과 악 중 어떤 선택과 결정을 할 것인지는 온전히 자신에게 달려 있다. 그러니 스스로 경계를 만들고 기준을 세우는 과정이 반드시 필요하다.

스스로에게 외우는 주문,　　　"특별해"

　　음악에 대한 마음은 늘 진심이었다. 연예인이 되고 싶다는 꿈을 꿀 때도 상상 속 내 모습은 늘 무대에서 노래를 부르는 가수였다. 예능에 나갔던 것도 가수 솔비, 가수 타이푼을 알리기 위한 목적이었다. 슬럼프를 겪을 때는 음악을 들으면서 작은 위로를 받았다. 많이 듣다 보니 만들고 쓰는 것이 자연스러웠다. 워낙 속이 시끄러운 시기여서 편안한 음악에 관심이 컸다. 어쿠스틱 음반을 낸 것도 이런 이유였다. 내가 나에게 해주고 싶은 말들이 음악이 됐고, 가사로 담겼다. 그때 나에게 꼭 필요했던 말은 "너는 특별해"였다.

　　매일 반복되는 하루 속에 나는 감사함을 느꼈어

　　가끔 거울 속에 나를 보며 내가 모르던 날 찾았어

　　특별해 나는 특별해 너는 특별해

　　특별해 우린 특별해 모두 다

　　미로 속에 있는 나를 보며 가장 나다운 걸 찾았어

　　방황하던 지난날 나는 많이 울었어

　　그 눈물 속에서 나를 찾았어

　　또 다시 내게 시련이 온다고 하여도 나답게 이겨낼 거야

　　나는 특별한 존재라고 마치 스스로에게 주문을 거는 것처럼, 노래에는 '특별해'라는 단어가 여러 번 나온다. 나에게 하고 싶은 이야기들을 꾹꾹 눌러 담아 노래로 완성했다. 누군가에게는 유치하고, 누군가에게는 애들 장난이라고 불렀을지라도 나에게는 희망의 노래였다. 음악은 쉬지 않고 내 이야기를 털어놓을 수 있고 나 자신에게 말을 걸어주는 매개체였다.

브라질 여행을 다녀오면서 나에게 또 하나의 틀이었던 외모 강박에서 좀 자유로워졌다. 타인을 의식하지 않고 자유롭게 사는 것에 대해 많이 생각하게 된 계기였다. 생각의 출발은 당황스러운 경험에서였다. 배가 고파 들어간 브라질 음식점에서 테이블에 앉아 주문을 하고 음식이 나오기를 기다리는데, 시간이 아무리 흘러도 주방에서 인기척조차 느껴지지 않았다. 아무래도 이상해 직원에게 물어보니, 기다리라는 말뿐이었다. 그때 가이드가 브라질의 식당에서는 음식이 나올 때까지 세 시간이 걸리기도 한다는 이야기를 해주었다. 요리사가 하고 싶을 때 요리를 하기 때문이었는데, 손님들은 불평을 하기보다 그 시간 동안 서로 이야기를 나누며 요리사의 때를 기다린다. 배가 고프거나 기다리는 것이 싫으면 다른 음식점에 가면 된다. 그런데 새우 요리만큼은 이 레스토랑의 요리사가 최고다. 그러니 새우가 먹고 싶으면 요리사가 음식을 만들 때까지 기다리는 것이다.

요리사든 손님이든 누군가의 강제는 없다. 스스로를 역할의 굴레에 가두어 제한하는 기준도 없다. 이들은 그저 하고 싶은 것을 하며 온전히 자유롭게 살고 있었다.

이들의 삶에서는 익숙한 일이었지만 한국에서 살아온 나에게는 지금까지 맞춰온 시스템이 붕괴되는 충격을 준 경험이었다.

새로운 세상을 본 기분이었다. 이렇게 살아도 된다는 경험. 지금까지는 이렇게 하면 안 돼, 이런 얼굴은 안 돼, 살찌면 안 돼, 이런 행동은 안 돼 등등 안 된다는 것들만 가득했는데, 브라질에서는 '뭐든 돼' '원하는 대로 해'의 마인드였다. 나는 비로소 진짜 자유로운 삶, 온전히 나답게 사는 삶을 생각하기 시작했다. 나라는 사람은 어떻게 살 것인지를 스스로 결정할 수 있다는 당연한 사실을 깨달았다.

물론 이러한 삶에도 단점은 있을 것이고 해결할 수 없는 문제들이 여기저기서 튀어나올 것이다. 그러나 당시에는 그런 문제들보다 자유만 더 크게 보였다. 아마도 당시의 내게 꼭 필요한 것, 내가 갈망하던 것이어서 그런 게 아닐까 생각한다. 인간은 누구나 자기가 보고 싶고 바라던 모습을 먼저 인지하는 것처럼, 나 역시 브라질을 여행하는 동안 나를 위한 걸 찾고, 보고, 깨달았다.

한국으로 돌아오자 마음에 여유가 한 스푼 정도 더해졌다. 쫓기듯 살아오며 길을 찾지 못해 답답하고 불안으로 울렁거리던 마음이 조금 차분해졌다. 시차 적응이 안 되어 새벽 네 시에 청계산에 갔는데, 커다란 지게를 지고 산을 오르는 어르신의 뒷모습을 보며 '세상의 모두는 각자 자신만의 삶을 살고 있구나. 브라질에서만이 아니라 여기서도 충분히 가능하구나'라는 생각이 들었다. 세상 사람들이 자신이 원하거나 생각하는 모습으로 의미 있는 순간들을 살아내고 있음을 분명하게 인지하자, 방향등이 불빛을 깜박이며 길을 안내하는 것처럼 내가 살아야 할 방향이 어느 쪽인지 가늠하게 됐다. 그때부터 더 적극적으로 내 안에 담아두기만 했던 이야기들을 세상 밖으로 꺼내놓기 시작했다. 꺼내야 숨이 쉬어지고, 살 수 있을 것 같아서.

그 이후 내가 만들고 부르는 음악의 분야도 다양한 영역으로 확장되었다. 2015년에는 밴드인 피터팬 컴플렉스와 음악적 교류를 하면서 신디사이저 음악이 가진 매력에 빠졌고, 영국 뮤지션 골드프랩의 음악을 사랑하게 되었다. 이 사랑의 결과물이 〈첫사랑〉이라는 곡이다. 원테이크 뮤직비디오를 찍고 신스 팝 장르에 도전했다. 사실 음악을 선보이는 건 내 기준에서는 새로운 이야기를 발표하는 것이고, 새로운 영역에 도전하는 과정이었다.

한 곡의 음악에는 그때 그 시절의 내가 담겨 있다. 당시의 내가 생각하고, 느끼고, 사랑한 것들을 담아 한 곡을 완성한다. 그래서 어떤 음악을 들을 때면 그 시간 속의 나를 만난다. 꾸준히 도전을 쉬지 않았구나, 누군가에게 내 이야기를 전하려는 노력을 멈추지 않았구나 싶은 마음이 들면서 그때의 나를 칭찬한다. 그때의 내가 멈추지 않은 덕분에 지금의 내가 이렇게 살아 있을 수 있으니 말이다.

"무엇을 그릴지 결정하듯, 나만의 뮤즈를 찾는다"

PART 3

화해하기

미움받고 미워할   용기

　요즘은 인간관계가 온라인과 오프라인의 애매모호한 지점에 있는 것 같다. 자주 보지 않아도 근황을 알 수 있으니, 마치 인맥을 전시하는 느낌으로 온라인상의 관계를 이어가기도 한다. 알고 싶지 않은 타인의 취향이나 삶의 조각들까지 알게 된다. 나와 맞지 않는 요소를 찾게 되면 불편하다는 생각이 들 때도 있다. 그래서 싫은 사람에게 어떻게 대처해야 하는지 고민한다.

　세상에서 가장 스트레스받는 일이 사람과 관계된 일이다. 싫은 사람이 존재하는 것만으로도 내 에너지를 백 퍼센트 발휘하기 어려운 상황이 된다. SNS 플랫폼을 통과하면 내가 잘 알던 친구는 낯선 사람으로 변하고, 이해하기 어렵던 사람은 오히려 매력적인 인물로 재탄생하기도 한다. 너무 이질적인 캐릭터가 등장해 괴리감이 커진다. 누군가에게는 나 역시 SNS 속 인물일지 모른다고 생각하니 불편한 마음도 든다. 그런데 막상 팔로우를 끊거나 SNS 계정을 지워버리자고 마음먹고 나면 어쩐지 난감한 기분이 되어버린다.

'팔로우를 끊으면 내가 인간관계를 끊어버렸다고 생각할까?' '탈퇴를 하면 또 이유를 추측하기 바쁘겠지?' 등의 생각이 꼬리를 물고 이어져 '에잇! 모르겠다'로 끝이 난다. 일어나지 않은 일을 미리 걱정하는 것일 수도 있고, 괜한 이유를 만들어낸다고 할지도 모르겠다. 그러나 나에게 SNS와 관련한 부분은 정말 오랜 고충이었다. 특히 인간관계와 관련한 고충이 크다.

이럴 때 필요한 건 미움받고 미워할 용기 같다. 처음에는 어려웠다. 타인의 존재로부터 자유롭기란 결코 쉬운 일이 아니기 때문이다. 그러나 내 행복을 생각한다면 용기를 내야 할 이유가 분명하다. 불편한 관계에 미련을 가지기보다 좋은 사람, 내 기분마저 좋아지게 하는 사람, 나와 잘 맞는 사람을 찾는 데 더 시간을 쓰는 게 현명하다는 것을 깨달았다.

온라인이라고 달라지지 않는다. 내키지 않는 관계는 과감하게 차단하는 것이 나와 상대방을 모두 지키는 방법일지 모른다. 나의 기분을 지키고, 내 기억에 나쁘게 각인될 상대의 이미지를 긍정적 방향으로 지킬 수 있다. 이렇게 결정하고 나니 SNS에 대한 부담이 조금 줄어들었다. 알게 모르게 나 역시 타인의 눈을 의식해 내 모습과 다른 포장지를 스스로에게 씌우기도 했는데, 이제 그 모든 것에서 자유로워졌다. 실제 관계에서도 적절한 거리가 꼭 필요한 것처럼 온라인에서의 거리 역시 중요함을 한 번 더 깨닫는다.

새로운 자아와의   만남

　'셀프 컬래버레이션' 작업을 통해 새로운 자아와 만나면서, 자아를 인정하고 이해하는 과정을 심도 있게 진행했다. 〈공상〉이 자아를 인지하는 과정이었다면, 시리즈의 다음 작품인 〈블랙 스완Black Swan〉은 수많은 자아와 만나 또 다른 형태로 통합되는 과정이었다. 이런 주제를 드러낼 수 있게 거울 큐브를 제작해 그 안에서 퍼포먼스를 펼쳤다. '나'라는 존재가 다양한 각도로 분리되어 다르게 표현됐다. 그러다 다시 합해지며 새로운 나를 완성해갔다. 사각 거울 스무 개로 연결된 큐브 안에

서 백조와 흑조를 연상시키는 춤을 추고, 순수한 모습과
욕망에 대한 갈망을 반복적으로 표현했다. 퍼포먼스 과
정에서 거울 위에 남은 흔적은 선의 형태로 구체화되어
작품으로 남았다.

사실 이때만 해도 나의 혼란이 완전하게 해결된 상태
가 아니었다. 여전히 나라는 사람은 어떤 사람인지에 대
해 고민하고 있었고, 내 안의 낯선 나를 만날 때마다 놀
라기도 했다. 그 상태를 솔직하게 보여주고 싶다는 생각
이 컸던 것 같다. 나는 무수히 많은 나를 가진 존재라는
것을 사람들에게 보여주는 것과 동시에 나 자신에게도
이해시키는 과정이 필요했다. 어떻게 생각하면 권지안
의 발악에 가까운 작품들이 아니었을까 생각한다. 내가
가진 것들을 이야기하고 싶었기에, 나라는 사람은 이렇
게 다른 모습이 많은 사람이라고 외치고 싶었기에 나올
수 있는 퍼포먼스였다.

언제든 낯선 사람, 낯선 형식은 거부의 대상이 되기
쉽다. 방송의 재미를 위해 꾸며진 모습이었다 한들, 방
송으로만 나를 본 사람들에게 솔비는 4차원에 가까운
생명체였을 것이다. 뒤늦게 방송은 방송일 뿐이라고 말

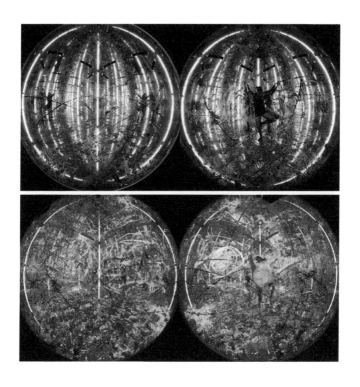

블랙 스완 | 2016년, 퍼포먼스 페인팅

해봤지만, 이미 나는 사람들에게 돌연변이로 각인된 뒤였다. 시간이 흐르고 나는 그 모든 것이 내가 만든 나의 모습임을 인정했다. 그리고 돌연변이의 존재가 세상에 꼭 필요하다는 결론도 얻었다. 돌연변이가 있기에 다양한 시선이 존재하고 개개인의 개성이 존재하는 것 아닐까. 지금은 이런 생각이 당연한 생각의 영역으로 여겨지는 것 같아 기쁘다.

우리는 또 다른 나를 만나는 매 순간 최대한 많은 흔적을 남기고 그 과정을 기록할 수 있어야 한다. 어떻게 기록을 할 것인지는 개개인이 찾아야 하는 숙제다. 그러나 기록을 남기는 것은 분명히 필요하다. 기록을 해야만 기억이 생긴다. 하나로 정의될 수 없는 나라는 존재를 잃어버리거나 잊어버리지 않기 위해 꼭 필요한 과정이다.

나는 결코 한 명일 수 없다. 누구와 함께인지에 따라, 어떤 상황에 처했는지에 따라 굉장히 많은 나와 만나게 될 것이다. 나이를 먹으면서 또 새로운 내가 등장할 수도 있다. 죽기 전까지 계속해서 새로운 나와 만난다. 그렇기에 만남의 순간마다 나를 기억해야 한다. 그 기억들이 나를 이해하는 길이 되어줄 것이다.

내 방법은 미술이었다. 미술은 그동안 방황하던 생각과 감정이 어디를 향해야 하는지 알려주는 이정표의 역할도 했다. 조금씩 그 길을 따라가니, 이전에는 미처 손을 잡아주지 못했던 내가 서 있었다.

내가 가지고 있던 혼란은 '나'에서 비롯됐다. 내 안의 낯선 모습을 인정하기 어려웠고, 내가 아닌 나와 만날 때마다 괴로웠다. 가면을 여러 개 쓰고 살아가는 느낌이라 힘들 때가 더 많았다. 그러나 모든 상황과 관계에서 동일한 모습을 보여주는 것은 오히려 자연스럽지 못하다. 사람은 상황과 관계에 따라 변화하고, 그때마다 각기 다른 선택을 하는 존재다. 이 사실을 받아들이게 되면서 나는 좀 더 나와 친해질 수 있었다. 더불어 그간 이해하지 못했던 나라는 자아를 인정하게 됐다. 그러니 여러분도 나를 만나는 여정을 시작하는 데 두려움은 던져버렸으면 좋겠다.

'진짜 나'를　　이해하는 시간

　　누구보다 화려하고 예쁜 포장지를 찾을 때와 내 안에 담긴 알맹이를 찾을 때의 나는 완전히 다른 사람이었다. 타인에게 휩쓸리지 않았고, 자연스럽게 생각이 깊어졌다. 스스로를 이해하는 범위가 넓어지면서 내가 진짜 원하는 것, 바라는 것, 하고 싶은 것들이 자연스럽게 떠올랐다. 이제야 나를 알아가고 있구나 싶은 마음이 들었다.

　　나라는 사람은 딱 하나의 이름이나 성질로 정의될 수 없는 무한한 확장성을 가진 존재임을 깨달았다. 한마디의 표현으로, 하나의 모습으로 나를 설명할 수 없었다.

이 생각을 이해하고 인정하는 과정에서 완성했던 작품이 두 번째 '셀프 컬래버레이션' 시리즈인 〈블랙 스완〉이다. 이 역시 신곡과 함께 완성했는데, 그 과정을 거치며 권지안과 솔비는 더 깊게 서로를 이해하게 됐다. 스스로를 바라보며 내 안에 존재하는 자신과 새로운 이야기를 시작하는 기회를 얻을 수 있었다. 점차 상처를 치유하고 각기 다른 정체성을 인지하는 계기였다.

나는 지금도 여러 자아를 만나곤 한다. 내 생각과 감정의 결을 따라 수많은 나의 모습이 나타난다. 그들 중 일부는 짧게 존재하다가 사라지기도 하고, 일부는 나라는 인간의 근원을 담당할 정도로 성장하기도 한다. 여전히 무의식의 영역에 더 많은 자아가 존재하고 있다고 생각한다. 그들을 하나씩 깨우고 이해하는 과정이 앞으로 내가 만들어가는 시간의 주요 부분이 아닐까 싶다.

과거에는 두려웠고 숨기고 싶던 나라는 사람의 진짜 속살. 내가 가진 생각을 자유롭게 펼치고 내가 꿈꾸는 시간과 미래를 명확하게 그려내면서부터 '진짜'가 없는 삶은 온전할 수 없음을 깨달았다. 감추는 것에는 언제나 한계가 생기기 마련이다. 그렇기에 나를 감추는 것이 아

블랙 스완 | 2016년, 거울에 아크릴, 117×80cm

니라 온전히 꺼내놓고, 내 방향대로 나아가는 용기가 꼭 필요하다. 나를 사랑하고, 인정하고, 이해하는 과정은 여기서부터 시작된다. 나 역시 한참 잘못된 길로 가다가 이제야 올바른 방향을 찾아 출발점을 막 지나기 시작했다.

상처는 지워지지 않지만,   덮어진다

예술가라는 단어는 가볍지 않다. 그러니 방송하고 노래하던 내가 그림 그리는 예술가가 되겠다고 했을 때 얼마나 대책 없어 보였을까? 아마 내 지인의 일이었다면 나도 같은 반응을 보였을지 모른다.

그러나 당시의 나는 그런 반응이 하나도 보이지 않을 정도로, 비난이나 비웃음을 느낄 수 없을 정도로 절실했다. 살기 위해 잡은 동아줄이자 유일하게 내가 버틸 수 있는 힘을 주는 치료제를 앞에 두고 그런 게 눈에 들어올 리 없었다. 미술은 내게 그런 선물 같은 존재였다.

2009년부터 찾아온 슬럼프는 나를 갉아먹었고, 나는 우울에 삼켜졌다. 그때부터 기약 없는 전쟁이 시작됐다. 어떻게든 이 전쟁에서 이기기 위해 앞뒤 가리지 않고 뭐든 했다. 나와 같은 경험을 가진 이들에게 관심이 생겼고, 사회에서 일어나는 일에 눈길이 갔다. 모두 그림의 소재였기 때문이다. 그렇게 스스로를 위로했고, 나의 이야기를 넘어 사회의 이야기를 전하는 예술가가 되고 싶다는 꿈을 꾸기 시작했다.

미술을 시작하면서 세상을 보는 기준과 가치관이 많이 달라졌다. 미술을 통해 알게 되는 역사, 인문 지식들로 인간이 세상에 존재하는 이유를 조금씩 이해해갔다. 나의 경험과 이야기를 사회적 시선으로 옮겨 더 많은 이와 나누는 방법에 대해서도 생각했다. 여자 연예인으로 살면서 겪은 뜻하지 않은 상처와 시련들이 있었기에 여성 인권에 대한 관심도 자연스럽게 생겨났다.

그러나 아무리 애써도 상처로부터 완전하게 안전할 수는 없다. 지우려 노력해도 지워지지 않는 상처도 있고, 흉이 남아 오래도록 기억되는 상처도 있고, 고통이 사라지지 않는 상처도 있다. 나에게도, 모든 여성에게도 말이다. 이런 마음으로 작업을 시작한 작품이 〈하이퍼리즘 레드Hyperism RED-상처〉다. 하이퍼리즘은 온라인상의 과도한 정보 때문에 공허함, 우울감을 느끼는 현상을 지칭하기도 한다. 이 작품은 온라인으로 인해 생긴 현대 여성들의 상처를 더 깊게 바라보겠다는 의지의 표현이기도 하다.

상처 입은 여성들의 삶이 무엇보다 가치 있는 꽃으로 탄생하기를 바랐다. 블랙은 상처, 레드는 부활을 뜻하고, 순백의 색인 화이트로 블랙과 레드의 흔적을 덮는 행위는 상처를 점차 치유하고 지워간다는 의미를 담았다. 캔버스는 완벽한 처음의 상태, 혹은 화이트의 상태는 되지 않는다. 덮어도 덮어도 블랙과 레드 컬러는 희미해질 뿐 사라지지 않는다. 이는 상처를 안고 살아가는 우리의 모습과 같다. 끊임없이 터지는 셔터 소리는 고통을 바라보는 방관자를 뜻한다.

여성의 삶과 그들의 상처를 형상화하며 나 역시 내 안의 상처들을 하나씩 만지고, 치유했다. 어떤 것은 미세한 흉이 남았으며, 어떤 것은 여전히 아프지만 고통의

하이퍼리즘 레드 │ 2017년, 캔버스에 혼합 매체, 211×153cm

강도가 줄었다. 상처는 지워지지 않지만, 덮어진다.

평생 어떤 상처도 없는 상태로 살아가는 것은 불가능에 가깝다. 상처가 생길 때마다 삶의 의지를 잃는 것도 좋은 방법은 아니다. 상처는 언제든 생길 수 있고, 상처가 없었던 시절로 돌아갈 순 없어도 치유하고 낫게 만들수는 있다. 흉터는 지워지지 않아도, 새살이 돋고 옅어지게 할 수 있다. 상처와 함께 사는 것도 충분히 가능하다. 이 사실을 나 자신에게도, 상처 입고 힘들어하는 주변 모든 이에게도 꼭 이야기해주고 싶다.

어디까지가   예술이지?

〈하이퍼리즘 레드〉는 의미도 특별했지만, 작품을 발표하는 방식도 색달랐다. 나라는 사람의 정체성을 충분히 살리는 것이 좋겠다고 생각했고, 나를 따라다니는 "네가 무슨 예술가야?"라는 말에 대한 의견을 전하고 싶었다. 과연 예술은 무엇일까? 나는 한 번도 예술을 거창하고 대단한 거라 생각해보지 않았다. 인간은 모두 자신의 삶을 만드는 예술가이고, 각자의 영역에서 자신만의 예술을 하는 존재들이다. 이런 시각을 나만의 개인적 의견이라 치부한다면 질문을 조금 바꿔서 다시 하고 싶다.

과연 사회적으로 규정하고 있는 예술가의 영역은 어디까지일까? 어디까지가 예술이고, 어떤 사람이 예술가일까? 이 질문을 더 많은 이에게 던지기 위한 방법으로 경계를 허무는 시도를 했다.

방송에서 퍼포먼스 페인팅을 선보이는 것은 처음 '셀프 컬래버레이션' 시리즈를 시작할 때부터 내가 가졌던 목표다. 특히 퍼포먼스의 특성을 극대화하기 위해 음악 방송이 가장 좋겠다고 생각했다. 그래서 〈하이퍼리즘 레드〉를 KBS 뮤직뱅크 무대에서 처음 발표했다. 가수인 솔비와 예술가인 권지안이 한 무대에 설 수 있다는 사실, 춤과 노래로 완성할 수 있는 무대의 형식은 다양하다는 사실, 예술가와 연예인을 굳이 나눠서 생각하지 않아도 된다는 사실을 알리고 싶었다. 장르와 분야의 경계는 사라지고 있는데 그것을 행하는 이들을 구분 짓고 나눠야 할 이유가 없었다.

가수가 예술가일 수 있는 것 아닌가? 행위예술을 하는 작가의 퍼포먼스는 예술이고, 가수의 퍼포먼스는 쇼일까? 중국 설치예술가 중 한 사람인 아이웨이웨이는 〈강남 스타일〉 영상으로 비디오아트 작품을 선보였다. 그런데 〈강남 스타일〉이 현대미술관에 전시되면 예술이 되고, 가수의 무대면 단순히 노래 한 곡으로 남는 것일까? 이런 정의는 누가, 어떤 기준으로 내리는 것일까? 여러 질문을 던지고 함께 생각해보고 싶었다. 특히 나를 향하는 공격의 대부분인 "네가 무슨 예술을 하냐? 예술이 뭔지는 아냐?"라는 질문에 역으로 "그래서 너희들이 말하는 예술은 뭔데?"라고 쇼와 예술의 경계에 대해 시원하게 되묻는 자리가 필요했다.

예상했던 것처럼 반응이 엄청났다. 의견은 다양했다. 멋지고 파격적이라는 평도 있었고, 익숙하지 않아 이상하게 보인다는 이들도 물론 있었다. 다만 획일화된 형태의 음악 방송 무대만 있는 것은 아니라는 사실을 많은 이에게 보여주는 기회였다. 더불어 누군가에게는 그 무대 위에 있는 나를 보며 '과연 솔비의, 혹은 권지안의 정체성은 무엇일까'를 생각해보는 계기였을 것이다. 이런 시도가 많아질수록 사고가 확장되고, 우리 사회가 허용하고 받아들이는 예술의 영역 또한 넓어질 것이다. 내가 그 시작에 작은 씨앗이 될 수 있다면 좋겠다.

예술의 경계는 그것을 보는 이들, 즐기는 이들, 생각하는 이들이 정하는 것이다. 작가의 결과물이 작업에서 작품으로 넘어가기 위해서는 작가 혼자만의 이야기가 아닌, 관객이 함께 공감할 수 있는 이야기가 담겨야 한다. 그런 의미에서 따져보면, 우리 시대의 이야기를 담은 무대는 퍼포먼스 아트 작품이 될 수도 있는 셈이다. 예술가냐 아니냐, 예술이냐 쇼냐를 따지기보다 그것이 담은 이야기가 무엇인가, 그 이야기에 우리가 얼마나 공감할 수 있는가를 따지는 과정이 필요하다.

상품이 아닌 작품을 만드는 이들은 자신의 삶을, 자신의 이야기를 담아낸다. 그렇기에 우리는 고흐의 〈별이 빛나는 밤에〉를 볼 때 단순히 그림으로서가 아닌 작품이 나오기까지의 이야기에 집중하고, 작가의 삶이 어떻게 이 작품에 담겼는지를 따지는 것이 아닐까.

내가 예술을 표현해내고자 하는 방향도 여기에 있다. 개인의 상처를 치유하는 목적으로 출발했으나 어느 순간 상처를 초월해 더 큰 범위의 이야기를 담고자 한다. 다만 그 이야기가 나로 시작해 우리, 그리고 사회로 넓어질 수 있는 이야기인지 충분히 고민한다. 그렇게 담긴 진정성이 작품을 완성하는 중요한 요소가 되어줄 것이라 믿는다.

왜 착한 사람은 　　　바보여야 해?

"그것도 몰라? 바보네, 바보야."

"수학 시간에 다 배웠던 내용이잖아요. 기억 안 나요?"

"머릿속이 아주 꽃밭이네."

어디서 한 번쯤 들어본 말이다. 이런 말들을 들을 때면 묘한 반발심이 고개를 든다. 왜 다양한 지식을 알지 못하면 바보가 되는 걸까? 왜 동심을 가진 이들은 딴 세상 사람이라며 손가락질을 받아야 할까? 똑똑해지기 위해서라면 착하지 않아도 되는 세상에 살고 있는 것 같다. 동심을 가지고 있어야 꿈과 희망도 있는 것인데 많은 이가 그 사실을 놓치고 있다.

반드시 이뤄지지 않아도 원하는 방향으로 달려보는 시도, 꿈을 꾸겠다는 의지 같은 것들이 더 소중할 때가 있는 법이다. 과정을 통해 행복감을 느끼고, 미래에 대한 자기만의 그림을 그리기도 한다. 이런 시작이 없으면 어떤 결과도 얻을 수 없다. 그런데 주변에서 자꾸 시도조차 하지 못하게 만든다. 그런 생각을 하는 너는 바보라고 손가락질하면서 말이다.

꿈을 꾸는 것은 개인의 자유다. 그런데 꿈을 꾸는 것조차 계급에 따라, 재산 정도에 따라 누구에게는 있고 누구에게는 없는 듯 보인다. 옛날에는(옛날이라는 단어를 쓰니까 꼰대가 된 기분이긴 하지만), 적어도 내가 연예인을 꿈꾸던 시절에는 당장 밥을 먹지 못해 배가 고파도 나는 분명 더 나아질 수 있다는 꿈과 희망이 있어서 살 수 있었다. 배고픔도 잊고 춤을 추며 노래를 했다. 스스로 꿈꾸기를 선택했고, 다른 것들을 포기하면서 내가 한 선택에 책임을 다했다. 그 과정에서 꿈이 현실이 되기도 하고, 꿈으로만 남은 것들도 있다. 이런 경험은 스스로 선택하고 시도해야만 얻을 수 있는 것이다.

그런데 요즘은 이미 다 정해진 길이 있고, 그 길을 걷지 않으면 바보 같은 사람이 된다. 좋은 대학, 좋은 결혼 상대, 많은 재산 등 사회적으로 정해놓은 기준이 정답처럼 여겨진다. 겉으로 보기에는 개인의 선택권이 다양해진 것처럼 보이지만, 깊이 생각해보면 오히려 상실된 측면이 크다. 보이지 않는 손에 의해 선택이 강요되기도 한다.

여기에 미디어가 큰 역할을 했다고 생각한다. 인식을 만들고, 사실과 거짓을 구분하기보다 원하는 인식을 인지시키기 바쁘다. 그렇게 시간이 지나면서 우리는 편협한 시각을 가진 사람이 되기도 하고, 꿈과 희망 대신 재물에 열광하는 사람이 되기도 한다. 조금 손해를 봐도 괜찮다고 양보하는 사람은 바보가 되는 세상에서 살게 된다.

나는 이런 틀을 흔드는 역할을 하고 싶다. 나 역시 저 안에 갇혀봤다. 반대로 꿈을 꾸고 스스로의 선택으로 삶을 만들기도 했다. 이 모든 경험을 바탕으로, 계속해서 문제를 제기하고 생각의 방향을 다르게 해보자는 메시지를 전하고 싶다. 작품의 주제를 정할 때도 이런 생각들이 바탕이 된다. 꾸준하게 자신을 인식해나가는 과정을 보여주고, 은폐된 나를 바라보고, 사이버불링에 맞서고, 미디어의 역할에 대한 성찰을 요구하는 중이다. 작품을 통해 이런 이야기들을 사회적 화두로 던지며 나라는 사람이 할 수 있는 일을 하나씩 찾아가고 있다.

나는 미술을 통해 나와의 관계를 새롭게 써나가고 있다. 작품을 하나씩 완성할 때마다 나조차 숨기고 보지 않았던 나를 만난다. 그래서 착한 사람이 왜 바보냐는 울분을 터뜨리기도 하고, 똑똑함보다 동심을 가진 사람이 세상을 바꾼다고 소리치기도 한다. 길을 잃고 반성하기도 하지만 결국에는 나라는 사람을 통해 새로운 길을 열어간다. 이 과정에서 믿을 사람은 나뿐이다. 나를 믿으면 절망 속에서도 희망을 발견할 수 있다. 이러한 모습을 사회와 공유하는 것, 타인에게 전달하는 것까지 내 자신에 대한 애정과 믿음이 있기에 가능한 일이다.

착한 사람은 좋은 사람일 뿐 바보가 아니다. 자신의 길을 가는 사람은 용기 있게 꿈을 꾸는 사람이지 바보가 아니다. 미련한 것도 아니다. 더불어 우리는 모두 자신만의 아이덴티티를 가지고 있다. 그 사실을 잊지 않았으면 좋겠다. 온전히 자기 자신으로 존재할 때 모든 이는 최대의 가능성을 가진다. 남과 같은 나는 그저 무리 중한 명, 집단 속 한 명일 뿐 고유하지 않다. 그러니 남과 비교하며 남이 가는 길을 따라가려고 하기보다 내가 좋은 길, 내가 행복한 길을 걷는 용기를 내보면 좋겠다.

무엇이 최선일까?

우리의 클래스를 높이기 위한

〈하이퍼리즘 레드〉 작업에 집중하던 시기, 비스포크 1세대 브랜드인 장미라사의 이영원 대표님에게서 후원을 하고 싶다는 연락이 왔다. 다양한 분야, 여러 아티스트를 후원하고 계신 분인데 가나아트센터에서 내 퍼포먼스와 작품을 보시고 바로 후원자가 되겠다는 이야기를 하셨다. 그때 해주셨던 "지안 씨의 작품이 충격적이었어요. 지안 씨가 가진 예술에 대한 자세와 마음이 장인의 마음 같아서 인상적이에요"라는 이야기는 아직도 기억에 남아 있다. 한 땀 한 땀 바느질을 해서 한 명의

몸에 완벽하게 맞춘 옷을 생산하는 장인들의 모습과 내 모습을 겹쳐 보신 것 같았다.

후원을 받기 시작하면서 장미라사 소속의 장인들과 같은 연수 코스를 경험했는데, 특히 신입 사원들과 함께 했던 해외 연수가 인상적이었다. 장미라사에 입사한 신입 사원들은 이탈리아 문화 투어를 경험한다. 로마, 피렌체 등 이탈리아 주요 도시를 여행하면서 미술, 음악, 의복, 건축 등의 문화를 직접 느끼고 그곳 사람들의 애티튜드를 마주하는 기회를 가지는 것이다.

연수의 목적은 상위 문화를 직접 경험하고 깊게 이해하는 것이다. 이 과정을 통해 어떤 마음으로 옷을 만들고 판매해야 하는지에 대한 기준과 자신만의 가치를 세울 수 있는 바탕을 찾는다. 나에게도 문화가 가진 가치, 사람을 대하는 기본적인 마인드, 예술을 즐기는 자세 등을 더 깊게 생각하는 기회가 됐다.

이 경험으로 내가 얻은 영감은 '클래스'였다. 문화, 사람, 물건 등을 나누는 기준은 무엇일까? 어떻게 만들어진 것일까? 하이클래스는 단순히 재력만으로 구분되는 영역은 아니었기에 더 궁금했다. '무엇이 다르지? 왜 더 좋은 것을 원하지? 좋은 것의 기준은 무엇일까?' 등등 많은 질문이 머릿속을 채웠다. 좋은 차를 타고, 좋은 옷을 입고, 좋은 곳에 가면 그것이 클래스를 높이는 방법이 될까? 내 대답은 아니었다. 다만 그런 것들이 나의 태도, 나의 생각에 작은 변화들을 만들어주는 영향력은 가지는 것 같다.

로마라는 도시가 주는 느낌도 클래스라는 키워드와 잘 맞았다. 한때 세계의 중심, 가장 높은 클래스에 위치한 도시여서 클래스에 대해 여러 생각을 하는 계기가 됐다. 도시 자체로 전 지구적 역사와 문화의 꽤 큰 영역을 차지한다는 것이 새로운 의미로 다가왔다. 그런 공간에 나라는 사람이 존재하고, 내가 찍은 사진은 SNS를 통해 많은 이에게 노출된다. 이 자연스러웠던 과정이 새로운 생각의 창구가 되면서 내 머릿속에서 클래스라는 키워드와 사이버 세상이 연결됐다.

이 경험은 내가 꾸준히 생각하고 질문하던 작업의 주제로까지 이어졌다. 생각을 점차 구체화하면서 SNS가 만들어내는 계급 차이에 집중했다. 사람들은 SNS에 자신을 뽐낼 수 있는 사진을 주로 올리곤 하는데 과연 그 모습은 진짜일까? '좋아요'를 누르는 이들 중에 진짜와 가짜를 구분하는 사람이 있을까? 사이버 세상에서 클래스가 높은 사람이 만들어지는 과정을 하나씩 짚어봤다. 어떻게 그런 사진을 찍는지, 어떻게 그런 모습인지, 진짜 사는 삶은 어떤 모습인지와 별개로 한 장의 사진이 사람을 대변하는 것. 이런 생각들을 하나로 꿰어, 보이는 것이 그럴듯하면 클래스가 높아지는 사이버 세상에 대한 이야기를 담은 작품 〈하이퍼리즘 블루Hyperism BLUE〉를 발표했다.

〈하이퍼리즘 블루〉의 주제는 계급사회다. 세상이 만들어낸 계급사회를 컬러로 표현하고자 했다. '좋아요'로 가득하지만 개인은 극도의 외로움을 느끼는 사회, 블루. 허상의 세계에서 눌린 '좋아요' 버튼이 인간의 감정까지 만져줄 수 없고, 외로움을 달래줄 수도 없다. 본질을 놓치면 외로움은 더 깊고 짙어진다. 타인의 시선으로부터 자유로울 수 없는 사회적 기준, 클래스에 대한 의문, 클래스가 이미 정해진 상태로 삶을 경주하듯 살아가야 하는 사람들의 우울감과 외로움을 나는 음악과 퍼포먼스로 담아냈다.

하이퍼리즘 블루 | 2018년, 캔버스에 혼합 매체, 46×31cm

하이퍼리즘 블루 | 2018년, 캔버스에 혼합 매체, 46×31cm

이를 통해 내가 전하고 싶은 이야기는 내면을 돌보자
는 것이다. 만들어진 화려한 겉치레는 되레 우리를 병들
게 한다. 명품으로 치장한 외향, 자동차 브랜드가 만드
는 사회적 지위, 사는 동네로 대변되는 계급, 취미와 관
심사로 나눠지는 사람의 등급이 과연 진짜일까.

　자본주의 사회에서 부를 축적하고 누리는 삶은 이상
하지 않지만, 그것이 전부는 아니다. 인간이 가진 본질
적 의미와 가치에 대한 정립이 필요하다. '좋아요'에 대
한 집착을 버리고, 진짜 현재의 나를 채우는 노력을 시
작해야 한다는 메시지를 전하고 싶었다. 온전한 내면을
가지기 위한 노력이야말로 우리의 클래스를 높이는 최
선의 방법이라 생각한다.

인생의 균형을 맞추려는　　　노력

　사람은 모두 자신의 현재를 기반으로 생각을 전개한
다. 나도 다르지 않았다. 몇 번의 작품 발표와 전시를 거
치면서 내가 하고 싶은 이야기, 내가 던지고 싶은 질문
에 대한 고민은 깊어지고 넓어졌다. 그렇게 하여 관심이
닿은 지점이 '사회 계층'이라는 주제였다. 그리고 〈하이
퍼리즘 블루〉를 완성하는 과정에서 여러 감정 중 외로
움이라는 감정에 대해 깊은 고민을 하게 됐다.

　나는 외로움에 취약하다. 더불어 외로움이란 인간이
가진 본질적 감각이라고 생각한다. 그래서 쉽게 없어지

거나 사라질 수 없다. 식욕이나 수면욕이 자연스러운 것처럼 외로움이라는 감정 또한 자연스럽다. 그런데 유독 우리는 외로움에 예민하고, 집착하기도 한다. 그 이유를 추려보면 욕망과 닿아 있다. 외로움을 옅어지게 하기 위해 여러 욕망이 발현되고, 욕망이 어떤 형태로 채워지는지에 따라 외로움의 부피가 달라진다. 과거에는 욕망을 현실에서 채우려고 했다면 이제는 온라인으로 확장됐다. 이 변화가 나에게는 새로웠다.

　사진 한 장을 올린다고 나에게 어떤 변화가 생길까? 분명 여행지에서의 나는 즐겁지만 SNS에 사진을 올리는 순간 그것을 인증하는 나만 남는 건 아닐까? 온전히 내가 느끼는 감정이 중요한 것일까, 타인이 보고 부러워하는 모습이 중요한 걸까? 이런 생각들이 꼬리에 꼬리를 물고 이어졌다. 온라인과 오프라인의 경계에 있는 나를 스스로 느끼면서 내가 하는 선택과 행동이 과연 어디에 목적을 둔 것인지 궁금해졌다. 맛있는 음식을 먹는 것은 나를 위한 것일까, 음식을 먹는 나를 부러워하는 이들을 위한 것일까. 주체는 누구이고 진짜 내가 원하는 것은 무엇일까. 질문이 많아질수록 혼란스러움도 커졌다. 그전까지는 내가 좋아하는 것이 분명했다면 어느 순간부터는 희미해지는 느낌도 들었다.

〈하이퍼리즘 블루〉에는 이런 개인적 혼란도 담겼다. 현대사회의 클래스를 대변하는 오브제를 맞춤수트로 한 이유도 일종의 혼란함을 표현한 것이다. 사실 맞춤수트를 입는 것은 일반적이지 않다. 형식을 갖춰야 하는 자리를 위한 옷인 데다가 수트 자체가 편하고 실용적인 옷도 아니다. 그럼에도 이 옷을 입으면 나는 좀 더 멋진 나, 괜찮은 나를 보여주기 위해 노력하게 된다. 좀 더 우아하게, 격식을 갖춘 상태를 유지하려 애쓴다. 한마디로, 그럴듯해 보이는 나로 포장하기에 안성맞춤인 옷이라고 생각했다.

그런데 외적인 것은 얼마든지 포장할 수 있지만 내적인 부분은 결코 그렇게 되지 않는다. 겉모습은 딱 알맞게 맞춘 수트를 입고 있어도 말, 행동, 생각 등이 그에 따라주지 않으면 어떨까. 옷만 바꿔 입는다고 존재가 달라지는 것은 아니다. 그래서 외면만큼, 포장지만큼, 겉치레만큼 나의 안을 어떻게 채울지를 생각해야 한다.

나에게도 쉽지 않은 문제다. 나 역시 외로움과 욕망

클래스 | 2018년, 캔버스에 혼합 매체

사이에서, 본질과 그 주변을 둘러싼 포장 사이에서 종종 방황한다. 그럼에도 균형을 찾으려는 노력만은 놓지 않는다. 이는 현실과 허구, 오프라인과 온라인의 차이를 인지하는 것과도 이어진다. 외로움을 인정하고 그렇지 않은 상태와 균형을 맞추는 것, 본능과 본질을 모두 챙기는 것, 욕망에 종속되지 않으려는 노력이 필요하다.

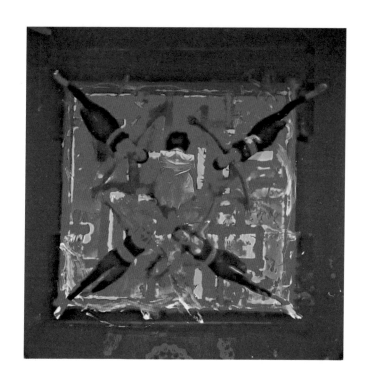

하이퍼리즘 블루 | 2018년, 퍼포먼스 페인팅

"첫 획을 그리듯, 내 삶의 기준을 세운다"

PART 4

공
존
하
기

말하면 이뤄지는　　　기적의 힘

　　2017년, 한 브랜드 화보 촬영을 위해 스페인 바르셀
로나로 향했다. 참신한 발상, 화려한 테크닉, 과감하고
도발적인 작품들, 현대와 고전이 융합된 건축물이 눈길
을 사로잡았다. 여기에 흥이 넘치고 감정에 충실한 사람
들까지, 모든 게 완벽한 도시였다. 특히 바르셀로나에서
살아가는 이들의 친절한 웃음과 온몸에서 흘러넘치는
즐거움이 인상 깊었다. 2017년의 마지막을 바르셀로나
에서 보낼 수 있어 얼마나 기뻤는지 모른다. 그렇게
2017년을 마무리하고 2018년 1월 1일이 밝았다. 기분

좋은 새해 인사를 하듯 화창한 날씨였다. 마침 사그라다 파밀리아 성당에서 공개 미사가 있는 일요일이기도 했다. 가우디가 건축했고 현재는 전 세계인들이 완성을 기다리는 성당에서 미사를 드릴 수 있다는 말에 숙취로 끙끙거리면서도 손에 성경책을 들고 성당을 향해 달렸다.

다행히 제시간에 도착해 미사에 참석할 수 있었다. 직접 마주한 성당은 상상 이상의 모습이었다. 이탈리아 피렌체를 여행할 때 미켈란젤로의 작품을 보면서 '인간이 이런 조각을 하는 게 가능한가' 싶었는데, 삼 년이 지나고 스페인 바르셀로나에서 같은 감정에 빠졌다. 사그라다 파밀리아 성당에서 눈을 뗄 수 없었다. 말 그대로 아름다움의 결정체 같은 모습이었다. 마치 천국을 여행하는 느낌이 들어 나도 모르게 간절히 두 손을 모으고 기도를 했다. '제가 이 아름다운 곳에 다시 올 수 있는 사람이 되게 해주세요. 내년 1월 1일에 꼭 다시 오겠습니다.'

나름 다부진 각오를 남기고 서울로 돌아왔다. 그리고 내게 주어진 일상을 열심히 살아냈다. 시간은 한 치의 오차 없이 흘렀고, 2018년 12월이 왔다. 스페인에서 만났던 지인이 일 년 만에 한국에 와서 반갑게 얼굴을 마주했고, 그의 일행과도 인사를 나눴다. 그런데 그의 일행이 바로 사그라다 파밀리아 성당의 최고 조각 감독인 소토 에츠로 선생님이었다.

이십오 세 나이에 성당 건축에 참여한 후 사십 년이 넘는 시간 동안 그곳에서 사백 여 점의 작품을 남기며 보낸 예술가. 특히 성당 입구에 있는 '천사들의 찬양' 조각, 잎사귀가 조각된 성당 정문은 유네스코에도 등재되어 있을 정도로 예술적 가치를 인정받았다. 한 가지 일을 사십 년이 넘는 시간 동안 했다는 것만으로도 자신의 일에 대한 애정과 헌신을 충분히 느낄 수 있는 대가였다. 그런 조각가와 함께 시간을 보낼 수 있다니, 작년에 사그라다 파밀리아 성당에서 보낸 꿈 같은 시간의 연속인가 싶었다.

소토 에츠로 선생님은 이야기를 진중하게 들어주는 분이었다. 언어가 달라 불편했지만 지인의 통역으로 서로에 대한 이야기를 이어갔다. 내가 진행했던 〈하이퍼리즘 레드〉의 퍼포먼스 페인팅 영상도 보여드렸다. 세계사 책에나 등장할 것 같은 대가에게 과연 내 작품이 어떤 평을 받을까 궁금한 마음에 엄청 긴장했다. 심장이 너무 크게 뛰는 걸 들키지 않으려고 손을 꼭 쥐었을 정도였다. 그러면서도 이 순간이 어찌나 짜릿하던지. 기대 반 걱정 반인 오 분의 시간이 지나고 영상의 마지막까지 본 선생님은 갑자기 자리에서 일어나 나를 뜨겁게 안아주셨다. 등을 가만히 두드려주시는 십 초간의 포옹이었지만, 내 머릿속에서는 지나온 삶의 순간들이 흘러가면서 눈물이 뚝뚝 떨어졌다. 두려움과 싸웠던 지난 시간들, 불확실한 미래를 의심한 순간들, 내 옆에서 나보다 더 고생한 사람들, 아프고 괴롭던 날들이 정말 한 편의 짧은 영화처럼 스쳤다. 꽁꽁 묵혀두었던 눈물이 쏟아져 나왔다. 따뜻한 포옹으로 큰 위로를 전해준 선생님은 나를 바라보며 이렇게 이야기하셨다.

"당신은 자신이 알고 있는 것보다 더 대단한 사람이야. 그러니 두려워하지 말고 용기를 내."

영상 속 내 두려움을 어떻게 알아보셨을까? 내 속마음을 모두 아시는 것 같아 어떤 가면도 무용지물이었다.

나는 마음의 둑이 무너졌고 좀 더 솔직한 태도로 선생님과 이야기를 나눴다. 그렇게 식사가 끝나고 주차장으로 걸어가는 길에 너무 추운 날씨로 인해 몸이 덜덜 떨렸다. 그런 내 모습을 보던 선생님은 끼고 있던 장갑을 벗어주며 "이건 우리 딸이 선물해준 거라 완전히 줄 수는 없지만, 잘 끼고 있다가 바르셀로나에 와서 돌려주렴" 하고 이야기하셨다. 그날 이후 최고 조각가의 손길이 닿은 장갑을 침대 옆에 두고 좋은 기운을 받으며 바르셀로나에서 다시 뵐 날을 고대하고 또 고대했다.

그렇게 아쉬운 만남을 뒤로 하고 우리는 헤어졌다. 시간은 다시 흘렀고, 어느덧 12월도 얼마 남지 않은 어느 날이었다. 정권 대표님에게 걸려온 전화를 받자 "전시회 관련 미팅으로 연말연시를 바로셀로나에서 보내게 됐어. 준비해"라는 말이 흘러나왔다. '세상에, 세상에. 이렇게 행복할 수가.'

일 년 만에 다시 찾은 바르셀로나는 여전히 처음 만날 때의 강렬함을 그대로 가진 도시였다. 거기에 더해 소토 선생님이 선물해준 위로와 따뜻함까지 간직한 도시였다. 바르셀로나에 도착한 12월 31일, 선생님과 만나

"당신은
　　　자신이 알고 있는 것보다 더 대단한 사람이야.

　　　그러니 두려워하지 말고 용기를 내."

연말 파티를 겸한 시간을 보내고 1월 1일에 사그라다 파밀리아 성당 투어를 함께 하기로 약속했다.

다시 찾은 성당에서 감정이 휘몰아쳤다. 우연히 마주한 장소에서 목표가 생겼고, 스스로 정한 목표를 이루기 위해 최선을 다한 일 년의 시간이 흘렀다. 그간 내가 어떤 노력을 했고 어떤 고생을 했는지 세세한 기억은 희미해졌지만, 결과적으로 나는 다시 사그라다 파밀리아 성당에서 새해를 맞이하고 있었다. 이곳의 조각을 총괄하는 예술가와 함께 말이다.

기적에는 한계도, 끝도 없다. 다만 기적을 바라는 것과 동시에 기적이 현실이 될 수 있도록 노력하는 자세가 필요할 뿐이다. 사실 일 년간 원하는 것을 이루지 못해 자책하고 스스로를 원망하기도 했다. 내가 나의 노력을 무가치하게 여기기도 했다. 다른 누구도 아닌 내가 나를 절망하게 만들었다. 종종 스스로를 괴롭히고, 때론 의심하며 시간을 보냈다. 그러나 잠깐 쓰러졌다가도 항상 다시 일어났다. 못 할 것 같다고 포기하지 않고 다시 시작하는 용기를 냈다. 그 과정이 있었기에 기적이 찾아왔다.

내가 무엇을 바라고 진정으로 원하느냐에 따라 나에

게 일어나는 일이 결정된다. 내가 알고 있는 내가 전부라는 착각은 버려야 한다.

우리는 스스로가 아는 것보다 훨씬 강하고 더 대단한 사람일 수 있다. 지금도, 앞으로 펼쳐질 삶도 충분히 낯설 것이다. 우리는 모두 처음 경험하는 날들을 보내고 있으니 어쩌면 당연한 일이다. 그러나 우리에게는 적응할 수 있는 힘이 있다. 자신을 믿고 노력하는 삶에는 어떤 한계도 없는 기적이 선물처럼 찾아온다. 기적은 믿는 사람에게 분명 존재하기 때문이다.

관계 맺기에 대해   다시 생각하다

　과거에 비하면 요즘은 사람을 만나는 일이 확연히 줄
었다. 우선 어릴 때처럼 사람에게 온전히 쏠 체력이 없
다. 신데렐라도 아닌데 밤 열두 시 전에는 무조건 침대
에 누워야 다음 날 일상생활이 가능해졌다. 아무리 신나
는 대화를 나눠도 이성적 판단이 개입해 분위기를 망칠
때도 있다. 세상 어떤 관계도 저절로, 공짜로 이뤄지는
것은 없다는 사실을 깨닫고부터는 기대감도 낮아졌다.
코로나라는 특수 상황으로 인해 사람간의 거리는 더 멀
어졌다. 이 모든 것이 하나로 뭉쳐지면서 '관계 맺기'에

대해 다시 생각하는 계기가 됐다.

이런저런 이유로 나의 절친은 인생 팔 년 차에 들어선 조카다. 이 친구는 내 말을 참 잘 들어준다. 과한 요구 없이, 어떤 편견 없이 솔직하다. 여기에 늘 자기가 생각한 게 맞는지 확인한다. "이모, 이게 맞아?" "이모 근데 이모가 알려준 게 이거지?"라며 자신만의 기준이나 잣대로 평가하기보다 내가 한 이야기를 정확하게 이해했는지에 집중한다. 그래서 함께 있으면 편하게 웃고, 긴장 없이 대화한다. 어쩌면 내가 바란 관계는 이런 사이가 아니었을까.

너무 많은 친구를 두지 않아도 괜찮다. 착한 사람이 아니어도 된다. 통명스럽게 벽을 치거나 상처받을까 미리 도망가지 않아도 충분히 안전한 관계를 만들어갈 수 있다. 자신의 의사를 분명하게 표현하고 상대의 말을 오해하지 않으면 된다. 그렇게 관계에 종속되지 않고 스스로 원하는 모양의 관계를 만들어가면 충분히 좋은 관계 맺기가 가능하다. 물론 쉬운 일은 아니다. 관계라는 것은 일방적일 수 없고, 혼자만 잘한다고 완성되지도 않는다.

방송 촬영차 갔던 브라질에서 이런 생각은 더 분명해졌다. 사실 당시의 대중들이 보는 나는 솔직하게 표현하고, 하고 싶은 이야기는 다 하고, 타인을 신경 쓰지 않는 4차원의 자유분방한 사람에 가까웠을 것이다. 그러나 실제로는 늘 자유에 목마르고, 당당하고 주체적인 사람이 되고 싶은 마음이 강했다. 억지로 꾸미거나 보이기 위한 자유로움이 아니라 내면에서 우러나오는 자유로움을 원했던 것 같다.

브라질에서 만난 사람들은 내가 상상하던 모습이었다. 몸매가 어떻든, 생김새가 어떻든, 자신의 모습 그대로 충분히 자신감 있어 보였다. 특히 브라질의 바닷가에서 만난 한 커플이 오래 기억에 남는다. 체구가 정말 큰 여성과 왜소한 남성이 해변에 앉아 바다를 바라보고 있었다. 그들에게 다가가 가볍게 이야기를 나누다가, 나는 유난히 사이 좋아 보이는 그들이 궁금해져 "연인의 어떤 모습에 사랑을 느꼈나요?"라고 질문을 했다. 그러자 남성이 "건강해 보이는 지금 이 모습에 사랑에 빠졌어요"라고 답을 했다. 언뜻 봤을 때 여성은 체격이 남성의 세 배 정도 되는 모습이었는데, 첫 만남 때도 지금과 크게 차이가 없었다고 한다. 그리고 만나자마자 외모와는 전혀 상관없이 서로의 모습 그대로를 사랑하게 됐다고.

이 경험을 통해 내가 진짜 추구해야 하는 관계에 대해 많이 생각했다. 자아에 대한 의식도 달라졌다. 우선 내 모습을 왜곡하거나 다르게 보지 않고 올곧게 바라보는 연습을 했다. 아름답다, 예쁘다 등의 기준에서도 자유롭기 위해 애썼다. 나를 보는 시선이 변하니 타인과의 관계를 만들어가는 방식도 자연스럽게 달라졌다. 타인을 의식하기보다 내 안에 있는 것들을 더 찾아내겠다는 다짐은 나를 깊고 자세히 들여다보게 만들어주었다. 의존하는 관계를 끊어내고, 누군가가 바라는 내 모습을 지웠다. 그 자리에 온전하게 나라는 사람의 자연스러운 모습을 조금씩 드러내기 시작했다. 생각은 단단해졌고, 자아는 자유로워지는 과정이었다.

지금도 여전히 흔들릴 때도 있고 관계로 괴로울 때도 있다. 다만 예전처럼 그 하나 때문에 삶의 모든 부분이 고장 난 듯 멈추게 두지 않는다. '그럴 수 있어' '나와 다를 뿐이야'라는 생각을 하며 스스로를 다독인다. 삶은 나로 완성되는 것이지, 누군가와 맺은 관계로 정의되는 것이 아니라는 것을 분명하게 인지하고 있기에 가능한 일이다. 관계 맺기에 대해 다시 생각하면서 나는 조금 더 건강한 사람이 될 수 있었다. 그렇게 좀 더 온전한 나로, 자유로운 나로 스스로와도 좋은 관계를 유지하는 중이다.

결국,　　　　사랑

　〈하이퍼리즘 블루〉를 발표한 후 많은 이로부터 좋은 평가를 받았다. '셀프 컬래버레이션' 작업에 대한 관심도 커지고 다음 시리즈가 기대된다는 이야기도 많이 들었다. 그러나 당시의 나는 굉장히 지친 상태였다. 공허와 허무가 몰려왔다. 마음이 뻥 뚫린 것 같은 기분이었다. 내 안을 채우던 상처와 외로움을 털어버린 것이 시원함보다는 허무감으로 찾아왔다. 그래서 빈 공간을 어떤 것으로 채울지 고민하다가 결국 모든 인간의 선택지 중 가장 본질적인 선택지를 택했다. '사랑'이었다.

일인칭 시점의 사랑은 아니다. 쉽게 말하면 누군가와 사랑에 빠진 것은 아니다. 오히려 삼인칭 시점으로, 사랑이라는 감정에 대해 정리해봤다는 표현이 더 어울린다. 상처도 사랑에서 시작되고, 외로움도 사랑에서 시작된다. 관계도 애정을 바탕으로 쌓이는 것이다. 모든 것의 처음에는 사랑이라는 감정이 있다. 그래서 더 궁금했다. 사랑은 어디서 시작되는 걸까? 관계가 먼저일까, 사랑이 먼저일까? 나는 사랑을 잘 알고 있을까? 그래서 정말 사랑은 무엇일까? 나는 나를 사랑하고 있을까? 명확하게 답할 수 없는 질문들이 쏟아졌다. 스스로 생각을 거듭하며 질문에 하나씩 답을 찾아갔다. 그리고 내가 내린 결론은 '사랑은 인간이 가진 멍이다'였다.

누구나 사랑을 바란다. 사랑을 받고, 사랑하며 살아가고 싶은 꿈은 본질적 욕구에 가깝다. 사랑받고 싶은 욕구, 사랑하고 싶은 욕구를 가지지 않은 사람은 존재하지 않는다. 그러나 그 욕구가 모두 충족되는 경험을 하는 이들은 거의 없다. 그렇기에 사랑은 상처의 씨앗이기도 하다. 가장 큰 사랑이 가장 큰 상처로 남는 것도 이 때문이지 않을까.

생각이 이어지니 '모든 것은 사랑이라는 감정을 깨달으면서 비로소 시작된 것이구나' 싶었다. 그렇게 닿은 지점이 '원죄'라는 주제였다. 여자를 사랑해 죄를 범한 남자. 인간이 인간을 사랑하는 마음. 세상의 출발이자 생명의 출발. 이렇게 원초적인 지점까지 생각을 확장해 시작한 작업이 셀프 컬래버레이션의 마지막 컬러 시리즈인 〈하이퍼리즘 바이올렛Hyperism VIOLET〉이다.

아름답게만 포장된 사랑의 이면에 담긴 이야기를 바탕으로, 인간이 겪은 최초의 사랑이자 원죄인 감정을 표현하고자 했다. 아이러니하게도 사랑은 가장 아름다운 감정인 동시에 가장 많은 죄를 짓게 만드는 요인이다. 우리는 가족, 친구, 사랑의 상대 또는 자기 자신을 사랑한다는 이유로, 사랑을 지키고 싶다는 이유로 각자만의 무기를 만든다. 그렇게 만들어진 무기는 타인을 찌르는데 사용된다. 결국 사랑한다는 이유로 상처를 내는 셈이다. 〈하이퍼리즘 바이올렛〉은 그 상처의 흔적이다. 멍처럼 남은 흔적들은 사랑의 기억이자 상처의 모양이다.

나는 여전히 사랑을 모르겠다. 때로는 스스로조차 사

랑하지 못하는 일을 반복하기도 한다. 그러나 한 가지 확실하게 아는 것은 모든 것이 사랑 때문이라는 사실이다. 과하면 죄가 되고 모자라면 상처가 되는 감정. 무수히 상처받고 고통받으면서도 우리가 이 세상을 사는 이유. 욕망을 키워 닿고자 하는 지점. 이 모든 것이 결국, 사랑이다.

암흑 속 찰나의 빛이 내게 알려준 것

파리에서 〈하이퍼리즘 바이올렛〉을 발표하기 전날, 마음이 무겁기도 하고 살짝 긴장이 되기도 했다. 그러다 이런저런 생각이 스쳐갔고 십여 년 전 이십 대의 한복판에 있던 나를 떠올렸다. 여기저기서 맞은 상처로 괴롭던 나는 스스로를 달래기 위해 당시 한창 유행하던 버킷 리스트를 적어봤다. 상상 속의 내 모습은 지금의 나와 다를 거라 기대하면서.

연예인이라는 꿈을 이루며 '그렇게 되어야지'가 '그렇게 될 거야'를 거쳐 '그렇게 되었다'로 변한다는 사실을 깨달았기에, 간절한 바람을 담아 적어보았다. 그때의 내 버킷 리스트는 이십 대에 전국 여행, 삼십 대에 유럽 여행, 사십 대에 세계 여행이었다. 그리고 삼십 대의 나는, 파리에 있었다.

목표를 세우고 달리는 시간은 굉장히 길게 느껴진다. 하지만 시간을 의식하지 않은 채 바라는 것을 향해 하루를 살아내면 언젠가 '내가 바라던 것이 이거구나. 이뤘구나' 하고 생각하는 순간이 찾아온다. 그리고 알게 된다. 내가 원했던 결과는 그 시간만큼의 노력이 필요했던 것이라는 사실을 말이다. 지금 우리가 대단하다고 생각하는 업적을 가진 모든 이의 결과도 한순간에 만들어진 것이 아니다. 세계가 인정하는 작품으로 상을 받은 영화 감독들은 십 년 이상 영화를 꾸준히 만들어왔다. 그보다 더 오랜 시간 고민하고 고생해서 한 편의 이야기를 완성해냈을 것이다. 세계적인 아티스트로 인정받는 BTS 역시 칠 년여의 시간 동안 꾸준히 자신들의 이야기를 음악으로 만들어냈다. 춤을 추고 무대를 완성하고 사람들과 소통하며 그들이 가진 이야기를 세상에 알리기 위해 노력했다. 그만큼의 노력과 시간이 쌓였기에 지금의 결과가 있는 것이다.

영국 테이트 모던 미술관에서 전시를 관람하다가 한 작품에 시선이 닿았다. 컴컴한 암흑 속에 분수가 있었는데, 플래시가 터지는 찰나의 순간에만 분수가 보였다. 그 외에는 다시 어둠이었다. 얼마나 많은 이가 분수를 보고 있는지, 분수 안에는 얼마나 많은 양의 물이 있는지, 분수에서 쏟아지는 물은 어떤 모양인지 보기 위해서는 찰나의 빛이 꼭 필요했다. 그 작품을 보다가 우리의 꿈이 저 찰나의 빛이 아닐까 싶었다. 내 안에 무엇이 담겨 있는지, 나라는 사람은 무엇을 보여줄 수 있는지 알려주는 찰나의 빛. 그리고 모든 빛은 깊은 어둠 속에서 더 빛나는 존재감을 뿜낸다. 마치 현실 속에서 꿈이 그런 존재이듯 말이다.

목표를 이룬 후에 찾아오는 감정은 여러 가지다. 나 같은 경우는 축배를 드는 짧은 환희의 기간이 끝나자 공허와 외로움이 밀려들었다. 사는 것의 이유를 찾아 수없이 자신을 괴롭혔다. 꿈꾸던 것이 현실이 된 이후는 완벽한 해피엔딩일 것만 같았는데 우리의 삶은 그것들을 지나 계속해서 이어진다. 여전히.

그러나 달라진 것이 있다면, 스스로 알고 있다는 사실이다. 자신이 가진 빛이 얼마나 강력한지, 얼마나 반짝이는지. 이 어둠 또한 어느 순간 빛으로 밝혀질 거라는 사실까지 말이다. 그러니 우리는 꾸준히 암흑 속의 빛을 찾아 또 하루의 시간에 최선을 다해야 하는 게 아닐까.

가장 빛날 찰나의 순간을 위해 지금 내가 가장 어두운 시간을 지나고 있다고 생각하니 마음에 여유가 돌아왔다. 그렇게 쌓인 찰나의 빛들이 내가 지나온 길을 밝히고, 나라는 사람의 모습을 그려낼 것이다.

소통이 많을수록   좋은 관계가
만들어질까?

내가 생각한 사랑의 시작은 원죄와 닿아 있는 감정이었기 때문에, '만약 하늘에서 아담과 이브가 함께 춤을 춘다면 어떤 모습일까?'라는 가정을 만들어서 퍼포먼스를 구상했다. 그들은 서로를 온전히 알지 못했을 것이다. 그래서 나 역시 몸짓 외에는 서로를 이해할 수 없는 장치를 만들었다. 프랑스 현지에서 직접 현대무용가를 소개받아 어떠한 조율 없이 안무를 짠 것이다. 언어는 없었다. 그저 몸의 움직임이라는 공통의 요소를 바탕으로 서로가 생각하는 사랑의 형태를 표현했다. 본능적인 감각들이 극대화됐고, 자연스러운 연결이 이어졌다. 그렇게 완성된 퍼포먼스가 〈하이퍼리즘 바이올렛〉이다.

뮤직비디오를 찍는 작업과 관련된 스태프들 역시 모두 프랑스 현지 사람이었다. 어떤 소통도 불가능하도록 일부러 만든 환경은 실보다 득이 많았다. 낯선 환경이기에 나올 수 있는 본능에 가까운 몸짓, 배려, 감정들이 새로운 이야기를 쌓아나갔다. 그렇게 완성한 안무를 반복해서 맞춰본 후, 하늘을 상징하는 블루와 인간을 표현하는 옐로 컬러로 우리 몸의 몸짓을 하나의 흔적이자 작품으로 캔버스에 펼쳐나가기 시작했다. 이 과정을 통해 소통이 차단된 상태에서의 이해와 배려가 어떤 것인지 분명하게 알았다. 일종의 해방감도 느꼈다.

지나친 소통으로 인해 서로에 대한 정보가 넘치는 것은 오히려 좋은 관계를 파괴하는 요소가 되기도 한다. 너무 잘 알아서 생긴 사람에 대한 트라우마는 더 깊고 고약하다. 오히려 모르기 때문에 절제되고 정리된 행동을 하게 되고, 어떤 의미 부여 없이 온전히 서로에게 집중할 수 있다. 파리에서의 〈하이퍼리즘 바이올렛〉 작업은 거리감이 주는 안전에 대해 깨닫는 계기가 됐다. 서

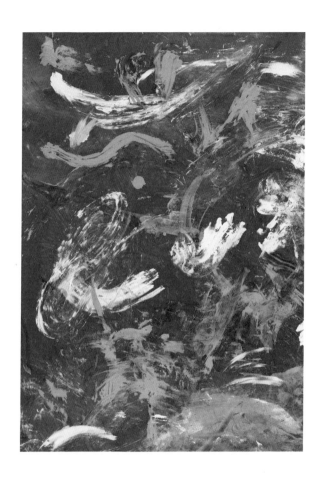

하이퍼리즘 바이올렛 │ 2019년, 캔버스에 혼합 매체, 162.2×112.1cm

로를 소모시키는 감정으로부터 자유롭고 오로지 몸의 움직임에 집중하는 순간. 상대에 대해 예측하거나 짐작할 수 없기에, 오직 둘만이 공유하는 그 시간 동안 서로를 진심으로 신뢰하는 경험은 더욱 새로웠다.

이런 경험을 하고 나니 낯선 환경은 전혀 두려움의 대상이 되지 않았다. 생각의 범위는 더 넓어지고 깊어졌다. 〈하이퍼리즘 바이올렛〉 작업을 통해 '나'라는 개인을 넘어 더 넓은 형태의 개인들, 사회 구성원들, 그들 안에 담긴 감정으로 작업의 주제를 넓힐 수 있었다. 지금까지 나의 경험에서 출발한 작업을 해왔던 것과 달리, 새로운 환경을 만들고 그 안에서 느끼는 감정과 경험을 표현하며 완성한 작품이라는 점도 특별했다.

사람을 이해하는 과정에 대한 새로운 감각을 일깨우는 계기도 되었다. 지나친 소통, 억지로 좁혀진 거리보다 안전거리를 가진 채 천천히 이해하는 과정의 소중함을 여실히 깨달았다. 파리는 나에게 새로운 관계의 방법을 알려주었다. 그렇게 나는 나 자신을 시작으로 인간을 이해해가는 과정을 이야기하는 작업, 셀프 컬래버레이션 '컬러' 시리즈를 마무리할 수 있었다.

〈하이퍼리즘 바이올렛〉을 발표하고 국내 전시까지 마친 후 '라 뉘 블랑쉬 파리La Nuit Blanche Paris'에 초청 받아 다시 파리를 찾았다. '라 뉘 블랑쉬 파리'는 2002년부터 시작된 현대미술 축제로, '하얀 밤'이라는 이름에 걸맞게 밤새 파리 곳곳에서 회화, 설치미술, 미디어 아트, 아트 퍼포먼스 등을 즐길 수 있다. 축제라지만 아무나 이곳에서 작품을 선보일 수 있는 것은 아니다. 운영위원회는 여러 심사를 통해 전 세계 현대미술 작가 중 서른 명을 초대한다. 그런 자리에 한국을 대표해 참석하는 것이라 생각하니 엄청난 무게가 느껴졌다. 일 년에 딱 하루만 열리는 거대한 도시 미술관에 나의 작품을 건다는 상상만으로도 설레었다. 공허하고 허무하던 가슴이 점차 채워지는 기분이었다.

'라 뉘 블랑쉬 파리'만을 위해 〈하이퍼리즘 바이올렛〉 퍼포먼스에 특별한 변화를 주었다. 기존에는 낯선 환경을 만들어서 사랑을 표현했다면, 이번에는 좀 더 한국적인 사랑의 감정을 선보이고 싶었다. 작품을 감상하는 이들은 우리와 다른 문화를 가지고 있을 것이기 때문에 이 편이 더 낯선 감정의 전달이 가능하리라는 생각에서였다. 그래서 마담 패밀리 K-Pop 팀과 함께 퍼포먼스를 진행했다.

결과적으로 파리에서의 전시는 나에게 새로운 에너지를 채우는 시간이 됐다. 항상 편견으로부터 자유로워지고 싶다고 생각했는데, 이곳에는 솔비를 아는 이들이 거의 없었다. 연예인 솔비 대신 자신 앞에 서 있는 동양에서 온 한 명의 예술가가 보여주는 모습에 집중한다. 솔비와 권지안을 따로 생각하지 않았고, 과거의 솔비가 현재의 권지안을 침범하지 못한다. 그래서 권지안의 작품을 온전히 하나의 작품으로 평가한다. 내가 노력하는 만큼 인정받을 수 있고, 내가 그들에게 보여주는 작품으로 이해받을 수 있었다. 이런 경험이 새로운 형태의 자유를 느끼게 해주었다. 내가 꾸준히 해외 예술계의 문을 두드리는 이유도 바로 여기에 있다.

행복의 자리   비워놓기

　파리에서의 작업 후 내 안에 응어리로 남았던 모든
감정이 실타래 풀리듯 완전하게 풀렸다. 인지, 이해, 치
료, 분출 그리고 마지막으로 해방. 이제 나는 어떤 감정
의 찌꺼기도 없는 상태가 되었다. 그 상태로 내가 마주
한 것이 '그 자체로 예술인' 자연이었다. 그림이 아닌 현
실의 '모네의 정원'을 본 것이 계기가 됐다. 이전까지 단
한 번도 관심의 대상이 아니었던 빛, 구름의 움직임, 꽃
의 색, 바람의 감촉 같은 자연의 모든 요소가 나에게 밀
려 들어왔다. 느꼈다는 표현보다 밀려 들어왔다는 표현

이 더 명확하다. 거부할 수 없는 운명과 같았다.

그 이후 자연을 그리기 시작했다. 아주 자연스러운 변화였다. 내가 오감으로 느낀 모든 감각을 그리고 싶어 자연스럽게 손을 이용했다. 오 년이 넘는 기간 동안 '셀프 컬래버레이션' 작업을 이어오면서 신체를 이용한 지두화 작업에 익숙해진 탓도 있었다. 손이 가는 대로 물감을 캔버스에 뿌리고, 찍고, 뭉개고, 칠했다. 그렇게 그저 본능에 충실한 그림을 그렸는데 완성하고 보니 꽃밭이었다. 그림을 그리고 싶은 마음이 화수분처럼 뿜어져 나왔고, 그런 그림은 모두 자연의 한 장면을 닮아 있었다. 꽃과 나무, 바람과 빛 등 자연을 완성하는 오브제들이 내 그림 안에서 자신의 존재를 뽐냈다. 이렇게 완성한 작품이 바로 풍경, 꽃 시리즈다.

비록 천국에 가신 아빠께 전시를 보여드리지 못했지만, 꽃 시리즈를 그리면서 나는 행복이 존재한다는 것을, 행복은 생각보다 단순하다는 사실을 알았다. 아침에 일어나 뜨거운 빛을 느끼고, 초록의 향을 맡고, 바람이 나의 감각을 터치하고, 새의 지저귐이 귀를 깨우는 순간. 특히 나는 바람에 집중했다. 바람을 느끼는 순간 온전히 살아 있구나 싶었다. 바람은 나에게 삶의 증거가 됐다. 나라는 존재가 살아 있음을 느끼는 찰나, 바람을 느끼는 시간이 바로 행복이 존재하는 순간 아닐까.

행복은 거창하지 않다. 찾으려고 애쓸수록 더 깊이 숨는 청개구리지만, 그럼에도 불구하고 분명한 한 가지는 행복이 어디에나 존재하고 있다는 사실이다. 찾으려 애쓰지 말고 어디에나 있는 행복을 느끼겠다는 마음이 중요하다. 더불어 언제 만나도 행복에게 내어줄 자리를 마음에 미리 만들어놓아야 한다. 어떤 형태로, 어떤 순간에 찾아올지 모르니 말이다.

코스모스 │ 2018년, 캔버스에 아크릴, 130×163cm

변하지 않는 모네의 정원 │ 2020년, 캔버스에 아크릴, 80×116.5cm

"한 점의 그림을 완성하듯, 삶이라는 작품을 기록한다"

PART 5

확
장
하
기

이별의   노래

2021년 5월 8일. 어버이날을 맞이해 엄마와 저녁 식
사를 했다. 병원에 계신 아빠의 빈자리 때문에 쓸쓸했지
만, 그런 때일수록 엄마의 마음을 더 따뜻하게 만들어드
리고 싶어 준비한 시간이었다. 그런데 막 첫 음식을 입
에 넣는 순간 핸드폰이 요란하게 울렸다. 발신지는 아빠
가 계신 병원이었다.

"보호자분, 지금 빨리 병원으로 오세요. 아버님께서
위독하세요."

전화를 끊자마자 병원을 향해 출발했다. 그날따라 도

로는 꽉 막힌 주차장 같았고, 애끓는 내 마음과 달리 차는 움직이지 못했다. 출발한 지 이십 분 정도 지났을 무렵, 아빠는 고통에 지치셨는지 우리를 기다리지 못하고 영면하셨다. 그 전화를 받고 믿을 수 없어서 그대로 얼음이 됐다. 눈물은 흐르는데 현실 감각이 전혀 없는 상태가 이어졌다.

아빠는 오래 투병 생활을 하신 게 아니다. 그전까지 건강하셨다. 그러다 지난 2월 급작스럽게 건강 상태가 안 좋아져서 병원에 입원을 하셨다. 처음에는 당연히 기력을 찾으시면 다시 함께하는 일상이 시작될 거라고 여겼다. 그러나 삼 개월간 아빠는 점점 기운을 잃으셨고, 결국 마지막 인사도 나누지 못한 채 우리 곁을 떠나셨다. 나는 마치 공중부양을 한 듯한 느낌으로 아빠의 영정 사진을 고르고, 사망 확인서에 사인을 했다. 내 인생에 일어난 일이 아니라 화면으로 본 영화 속 장면같이 시간이 흘렀다. 그렇게 아빠와 영원한 이별을 하게 됐다.

시간이 지날수록 마음속에 아빠를 향해 하고 싶은 이야기가 쌓였다. 그런데 심장이 꽁꽁 얼어붙은 듯 아무것도 써지지 않았다. 썼다 지우기를 반복하며 내가 느끼는 지금의 감정, 이 깊은 슬픔을 어떻게 해결해야 하는지 몰라 괴로워했다. 이러지도 저러지도 못하는 시간들이었다. 너무 깊은 마음은 어떤 단어로 규정될 수 없다. 세상에 존재하는 단어로는 내 마음을 온전히 드러낼 수 없다고 느끼기 때문이다. 이럴 때 오히려 소리, 음율 등 정리되지 않은 원초적인 수단이 도움이 된다. 그래서 모든 언어를 지우고, 오직 아빠를 떠올리며 이어지는 감정을 담아 허밍으로 곡을 만들었다. 이렇게 완성된 곡은 생전 아빠가 가장 사랑했던 꽃을 그린 〈하늘에서 온 꽃 Flower from Heaven〉이라는 작품에 담겼다. 이것이 나의 첫 번째 이별 편지였다.

시간의 흐름이 만들어주는 틈은 감정을 잘 다독일 수 있는 또 다른 기회다. 나의 시간도 어느덧 흘러, 아빠와의 이별을 가슴에 묻고 조금씩 일상의 일들을 해나가고 있었다. 당장 눈앞에 바르셀로나 전시 일정이 기다리고 있었다. 일 년 전에 초대장을 받아 흔쾌히 가겠다고 회신을 했던 전시였다. 분주하게 막바지 준비를 하고 있는데 다시 한번 슬픈 소식이 들려왔다. 외할머

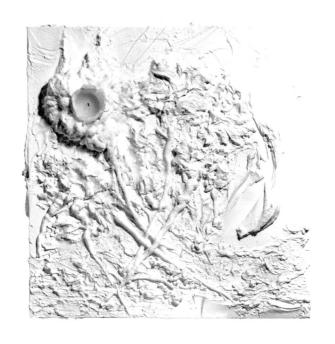

하늘에서 온 꽃 | 2021년, 캔버스에 혼합 매체, 50×50×10.5cm

니가 넘어지며 골반뼈를 다쳐 병원에 입원하셨는데, 워낙 연세가 있기에 안심할 수 없는 상황이었다. 날이 갈수록 정정하시던 외할머니의 건강이 급격하게 나빠졌다. 어린 시절부터 외할머니 손에 자라 누구보다 정이 깊었던 할머니가 아프시니 마음이 편치 않았다. 할머니는 괜찮다고 하셨지만, 자주 연락을 드리며 부쩍 정신을 할머니에게 쏟았다.

그러나 이별의 시기는 내 사정을 봐주지 않는다. 상대가 어떤 한계에 몰려 있는지 전혀 반영하지 않고 저만의 방식으로 다가온다. 병원에 입원하신 지 한 달 만에 할머니께서 돌아가셨다. 내가 바르셀로나 전시를 위해 출국하기 하루 전날이었다. 영안실에 모신 할머니를 보며 마지막 인사를 하고 있자니 정말 믿기지 않았다. 짧은 기간 동안 내 인생을 통틀어 가장 중요한 사람 둘을 잃는 경험을 하다니. 과연 나에게 왜 이런 절망이 찾아오는지, 지금 내가 겪고 있는 게 현실이 맞는 건지 혼란스러웠다. 나의 슬픔과 다른 이들과의 약속 사이에서 수없이 괴로워했지만, 일 년이나 이어진 약속을 취소할 수는 없었다. 결국 할머니와 짧은 이별 인사를 하고 나는 바르셀로나로 향했다. 비행기를 타는 순간부터 바르셀로나에 도착할 때까지 시도 때도 없이 눈물이 흘렀다.

바르셀로나에서는 오직 작업에 몰두했다. 작업을 하는 동안은 적어도 여러 생각이 들지 않았다. 환경이 바뀌고 낯설어지니 감각은 슬픔에만 집중하지 못했고, 좀더 여러 갈래로 나뉘었다. 어쩌면 나에게는 다행이었다. 마음을 조금씩 진정시키며 지금 내가 할 수 있는 일을 하자고 스스로를 끊임없이 다독였다. 그러나 잠깐이라도 틈이 생기면 '너는 즐거우면 안 돼. 너는 슬픔으로 가득 차 있어야만 해'라는 생각이 들면서 감정을 전혀 컨트롤할 수 없는 지경이 됐다. 이때도 내 안에 쌓인 슬픔을 밖으로 뱉어낼 수 있는 방법은 허밍뿐이었다. 그렇게 나의 두 번째 이별 편지가 쓰였다.

지금도 가끔 아빠가 앉아 있던 자리에 멍하니 앉아 있는다. 우연히 마주친 나비를 아빠인 것처럼, 할머니인 것처럼 바라본다. 떠나보낸 후에야 비로소 이전에 나누지 못한 시간을 후회하다 보니, 어떤 것에도 후회를 남기고 싶지 않다는 생각이 간절해졌다. 그래서 후회 없는

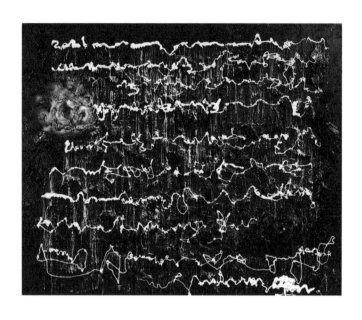

허밍 │ 2021년, 캔버스에 혼합 매체, 131×163 cm

하루를 보내는 것이 삶의 목표가 되었다. 여전히 참을 수 없는 그리움이 나를 채울 때는 다시 편지를 쓴다. 허밍이라는 나만의 방식으로.

마음이 눈물로만 가득할 때 사람은 가장 약해진다. 조금만 스쳐도 눈물이 터지는데, 그 형태가 사람마다 다르다. 어떤 이는 곡을 하고, 어떤 이는 분노한다. 일부러 싸우기도 하고, 자신을 상처 입히기도 한다. 나는 초를 녹이며 내 눈물을 터트렸다. 그렇게 녹인 초를 이용해 캔버스에 떠나간 이들, 이별한 이들에게 보내는 편지를 적었다. 거대한 초가 녹는 긴 시간 동안 나는 여러 번 마음을 무너뜨렸다가 다시 세웠다. 초가 녹은 흔적이 내 눈물이었고, 허밍으로 쓰인 글자들은 내 그리움이었다. 그리고 이제 영원히 끝나지 않을 노래로, 사라지지 않을 작품으로 남았다.

변하지 않는 것의   가치

　　아빠의 유일한 취미는 꽃을 보는 것이었다. 한때 행사 시즌이면 학교 교문 앞에서 꽃을 파는 일을 하셨는데, 그 때문에 우리 집은 구석구석 꽃 향기가 가득했다. 그렇게 질리도록 꽃과 연을 맺었고, 먹고 사는 일 역시 꽃과 연결되어 있었음에도 아빠는 꽃을 지겨워하기보다 사랑했다. 한번은 "아빠, 꽃이 왜 그렇게 좋아?"라고 물었더니 "항상 그 자리에 있잖아"라는 답이 돌아왔다. 아빠 말을 듣고 한참 생각했다. 너무 빨리 변하는 세상 속에서 어쩌면 꽃은 같은 속도와 같은 패턴으로 피고 지며 자신의 변함없음을, 세상에 변하지 않는 진리도 있음을 알려주는 존재가 아니었을까 하고.

알게 모르게 꽃은 내게도 영향을 줬다. 나도 잘 깨닫지 못하고 살았는데, 2018년에 프랑스 지베르니에 다녀오면서 꽃이 새로운 영감의 원천이 되었다. 풍경과 바람, 꽃이 만든 이미지가 머릿속을 떠나지 않았고, 자연스럽게 그 모습을 그림으로 남겼다. 핑거페인팅 기법을 활용해 완성한 꽃 시리즈를 꼭 보여드리고 싶어서, 아빠를 초대하겠다는 생각으로 '보통의 포착'이라는 이름의 전시를 기획했다. 그러나 아빠는 그림을 보지 못하신 채, 꽃들에 둘러싸여 아빠만의 천국으로 떠나셨다. 한동안 머릿속이 아빠 생각으로 가득했다. 아빠 사진을 정리하며 아빠와의 기억들을 떠올리는 시간이 많아졌다. 그러다 보니 '아빠야말로 꽃과 같은 사람이었구나' 싶었다. 나에게는 변하지 않고 항상 그 자리에 있던 존재였으니까.

사실 나는 어릴 때부터 독특한 면이 많은 아이였다. 어쩌면 그런 모습도 아빠를 닮은 것이 아닐까 싶다. 한번은 담임선생님 면담을 위해 학교에 온 아빠가 다른 학

부모들과 함께 교장선생님의 이야기를 듣는 자리를 가졌다. 그런데 길게 이어지는 교장선생님의 이야기가 지루하셨는지, 아빠가 코를 골며 주무시는 게 아닌가. 나도 당황했지만, 담임선생님이 더 당황해 얼굴이 빨개지셨다. 내 귓가에 작은 소리로 "지안아, 아버님 모시고 밖으로 나와"라고 이야기하신 후 담임선생님은 자리에서 일어났다. 얼른 아빠를 깨워 밖으로 나가니 입구에 담임선생님이 서 계셨고, 두 분은 그렇게 십 분 정도 대화를 나누셨다. 그러고는 아빠가 나에게 다가와 손에 오천 원을 쥐여주셨다.

"지안아, 친구들이랑 떡볶이 사 먹어."

"왜 안 혼내? 친구랑 싸웠다고 선생님이 이야기하지 않았어?"

"학교 다닐 때는 누구나 실수를 해. 친구랑 싸우기도 하지. 괜찮아. 가서 친구랑 화해하고, 앞으로 같은 실수를 반복하지 않으면 돼. 신경 쓰지 마."

뒤돌아 학교 밖으로 나가는 아빠의 뒷모습을 보면서 무언가 통쾌하기도 하고 든든하기도 했던 기억이 남아 있다. 내가 어떤 모습이어도 아빠는 늘 한결같이 내 편이 되어줄 것 같다는 생각에 어린 나이에도 마음이 꽉 차는 기분이었다. 그만큼 아빠는 자유롭게, 나를 틀에 가두기보다 내가 원하는 방향으로 뻗어나갈 수 있게 키우셨다.

이런 아빠만의 가르침은 어른이 되고 나서도 달라지지 않았다. 데뷔를 하고 나서 한창 방송을 하던 시절, 녹화할 때와 다르게 바보처럼 편집된 내 모습을 보며 속이 상했다. 집에서 아빠를 붙잡고 "사람들이 나를 바보라고 생각하고 방송에서 바보처럼 보여지는 거 너무 속상해"라고 하소연을 하니 아빠가 나를 위로해주며 말했다.

"지안아, 바보 역할이 얼마나 어려운 줄 알아? 어떤 역할보다 힘든 역할이야. 그래서 아무나 할 수 없어. 예전의 이주일 선생님을 생각해봐. 바보 역할을 얼마나 잘하셨니? 그런데 그분이 바보였어? 아니잖아. 바보 역할을 할 수 있는 사람은 결코 바보일 수 없어. 오히려 영민한 사람이지. 그 모습을 보면서 무시하고 바보라고 놀리는 사람이 진짜 바보란다."

아빠의 말이 얼마나 큰 위안이 되었는지 모른다. 자라는 동안 중요한 시기마다 아빠의 한마디가 없었다면, 한결같이 나를 믿어주고 내가 틀리지 않았다고 해주었

허밍- 스템(b)
2022년, 캔버스에 혼합 매체,
181×50.51cm

허밍- 스템(p)
2022년, 캔버스에 혼합 매체,
181×50.51cm

허밍- 스템(o)
2022년, 캔버스에 혼합 매체,
181×50, 51cm

허밍- 스템(y)
2022년, 캔버스에 혼합 매체,
181×50, 51cm

던 아빠가 있지 않았다면 나는 지금의 내가 될 수 없었을 것이다. 지금 내가 누리는 자유, 내 마음속에 더 크게 그려지는 꿈과 미래는 아빠의 말에서 시작됐다. 늘 변하지 않고 같은 자리에 묵묵히 아빠가 있어주었기에 한계 없이 스스로가 원하는 모습으로, 나만의 꽃을 피울 수 있었다. 지금도 마음속에서 "항상 우리 딸은 못 할 게 없어. 그러니까 하루를 살아도 즐겁게, 하고 싶은 일을 하면서 살아"라는 아빠의 메시지가 들려온다. 강하고 담대하게 나의 방향으로 걸어갈 수 있는 원동력이다.

진정 하고 싶은 일을 위해 살고, 그걸 통해서 자유를 찾아라. 원하는 길을 가기 위해 때론 주변으로부터 미움받을 수 있는 용기를 갖춰라. 세상에 맞설 수 있는 담대함을 간직하며 스스로가 바라는 모습의 삶을 살거라. 이 모든 삶의 가치를 알려주신 내 인생의 스승인 나의 아버지. 아빠를 통해 변하지 않는 것의 가치를 지키며 삶을 대하는 자세를 배웠기에 수많은 일을 겪으면서도 결코 나를 잃지 않을 수 있었던 것 같다. 지금도 그 가르침을 지키며 살아가려 늘 노력 중이다.

성공의   기준을 다시 정리하다

누구나 성공하고 싶어 한다. 성공이라는 단어의 뜻을 어떻게 정의 내릴지는 개인에 따라 다르고, 구체적인 성공의 모습 또한 차이가 있겠지만, '성공을 하고 싶다'라는 바람만은 모든 이의 마음속에 간직되어 있을 것이다. 그런데 우리가 정말로 마음에 담아야 하는 건, 성공의 여부보다 '어떤 모습으로 어떤 형태의 성공을 할 것인가'라는 생각이 든다.

최근 나 역시 성공이라는 단어를 나만의 의미로 정리할 기회가 있었다. 엄마께서 난소암 판정을 받으셨는데,

당사자인 엄마보다 내가 더 어찌해야 할지 몰랐다. 엄마의 두려움과 불안을 줄여드리기보다 매일 우는 딸을 엄마가 안심시켜야 할 때도 있었다. 당장 수술과 치료를 시작해야 했지만, 의사의 설명은 우리의 불안을 지워주기에 부족했다. 내가 의학 정보를 알 리 없었고, 인터넷 검색에 의지하자니 어떤 것을 믿고 믿지 말아야 할지 구분이 안 되었다. 참 오랜만에 무기력했다. 당혹감과 불안에 눈물을 흘리는 것 말고 내가 할 수 있는 일은 없었다.

예상치 못한 갑작스러운 불행에 완벽하게 대비할 수 있는 사람은 없다. 모든 분야의 지식을 아는 천재적 두뇌의 주인공이 되는 건 더욱 어렵다. 돈을 퍼 나른다 해도 원하는 결과를 보장받지 못한다. 그래서 당황스러운 상황에 처하면 도와줄 수 있는 '사람'을 찾게 된다. 나도 다르지 않았다. 며칠을 울다가 정신을 차리고 핸드폰의 연락처를 뒤지기 시작했다. 그리고 평소 인연이 있던 병원 원장님의 조언과 도움으로 엄마는 무사히 수술을 마쳤고 잘 회복하셨다.

이 일을 겪으며 과거와 전혀 다른 의미로 '나는 성공한 사람이 맞구나'라고 느꼈다. 정말 값진 성공은 정상에 섰을 때 느껴지는 것이 아니라 인생이라는 산을 오르던 중 절실한 순간, 위기의 순간에 내가 어떤 해결 도구들을 가지고 있는지에 따라 결정되는 듯하다. 도구에는 돈, 명예, 지식 등이 포함되겠지만 그중 가장 특별한 도구는 사람이 아닐까 싶다.

과거의 나는 청담동에 사는 인기 연예인의 화려한 모습이 성공적인 삶이라 생각했다. 청담 사거리에 있는 높은 빌딩들을 바라보며 '내가 드디어 꿈을 이루어 여기에 섰구나'라고 생각하던 시절도 있었다. 화려한 세상이 성큼 내 삶으로 다가왔다는 것에 기뻤다. 이것 하나를 이루기 위해 노력했으니 당연하게 받아야 하는 보상이라고 여기기도 했다.

그러나 성공을 향한 여정은 거기서 끝이 아니었다. 건물의 높이는 계속해서 높아졌고, 그에 비해 내 모습은 잘 자라지 않았다. 조금 더 높은 층으로 올라가면 더 반짝이고 화려한 곳이 있는데, 아무리 올라도 가장 높은 층은 늘 멀었다. 허전한 마음을 채우려고 샀던 명품과 보석은 한순간에 사라졌다. 그렇게 건물의 중간쯤 올랐다가 다시 입구까지 떨어지기를 몇 번 반복했다. 영원히

방황 | 2011년, 캔버스에 아크릴, 60.6×72.7cm

도달할 수 없는 위치를 바라는 기분이 되니 의욕도 점점 사라졌다.

처음 그린 그림이 청담 사거리 건물 사이에서 방황하는 내 모습일 만큼 당시의 나는 혼란스러웠다. 분명 누군가에게는 부러울 수 있는 모습인데, 내 마음에는 어떤 만족도 없었다. 성공하지 못하는, 내가 가진 것에 만족하지 못하는 나 때문에 스스로 상처받고 아팠다. 그때부터 꽤 오래 방황했고, 결국 깨달은 것은 처음부터 성공의 방향을 잘못 설정했다는 사실이었다.

살면서 상상 이상으로 많은 것을 한순간에 잃을 수 있다. 거품처럼 사라지는 인기와 돈, 잠깐 삐끗하면 무너지는 명예는 나를 지켜줄 도구가 아니다. 영원한 성공을 약속하지도 못한다. 이와 달리 온전하게 마음을 나눈 사람은 힘든 순간일수록, 도움을 필요로 하는 간절한 손길을 내밀수록 더 따스하게 손을 맞잡아준다. 재산이나 사회적 지위보다, 내 손을 뿌리치지 않고 맞잡아줄 사람을 곁에 두었을 때 진정한 성공의 덕목을 갖췄다고 할 수 있지 않을까.

모든 일은 때로   예상 못 한 방향으로
향하지   (feat. 호기심)

    손으로 그림을 그리는 작업이 이어질수록 촉감에 대한 관심이 커졌다. 특히 내 작업실 일 층은 빵을 파는 베이커리 카페였다. 작업실을 오가며 자연스럽게 카페에 들렀고, 배가 고프거나 입이 심심할 때도 카페로 향했다. 그렇게 그곳에 갈 때면 한참 제빵실을 들여다봤다. 직접 빵을 만들어 팔고 있어서 제빵실이 따로 있었고, 그 안에서 여러 명의 제빵사가 분주하게 움직였다. 누군가는 반죽을 치댔고, 누군가는 색색의 크림을 만들었다. 그 모습을 몇 번 보고 나니 문득 '크림을 만들 때 느껴지는 질감은 어떨까? 완성된 케이크를 만질 때랑 같을까?' 하는 생각이 들었다. 호기심이 발동한 것이다.

한번 생긴 호기심은 스스로 크기를 부풀렸다. 당연히 만져보고 싶고, 직접 만들어보고 싶었다. 채우지 못하니 더 강해지는 원리였다. 마치 물감처럼 색을 자랑하는 크림들은 유혹적이었다. 만지고 싶은 욕망이 커질 만큼 커진 어느 날, 쇼케이스에 있는 케이크를 보는데 또 하나의 의문이 머릿속에 떠올랐다. '케이크는 왜 정형화된 틀이 있는 것처럼 비슷한 모양, 비슷한 컬러일까?'

이번에는 주저하지 않고 제빵사에게 물었다. "왜 케이크는 대체로 비슷한 모양인가요? 케이크는 꼭 매끈하게 크림을 발라야만 하는 건가요?" 내 질문에 그는 당황했다. 드라마 〈대장금〉 속 아역 배우의 대사처럼, 그렇게 배웠으니 그렇게 만든 건데 뭐가 궁금한 건지 모르겠다는 생각이 고스란히 드러난 얼굴로 나를 쳐다봤다. 그 모습에 한동안 착실하게 덮어두었던 호기심이 또 고개를 들었다. 크림도 만지고 케이크도 새로운 모양으로 만들어보면 정말 재미있을 것 같다는 생각이 나를 떠밀었다.

"혹시 제가 케이크를 한번 만들어봐도 괜찮을까요?"

제빵사는 흔쾌히 승낙했다. 윗집 예술가라는 소개가 마음을 움직였는지도 모르겠다. 가게가 문을 닫은 후에는 마음껏 만들어도 된다고 한 것이다. 마침 크리스마스 시즌이라 내가 만드는 첫 번째 케이크를 트리 모양으로 정하고, 초록색 크림을 만드는 것부터 배웠다. 이어서 빵칼로 시트에 크림을 바르는 과정을 배웠는데 아무래도 도구가 익숙하지 않아 재미는 떨어지고 크림도 전혀 발리지 않아서, 혹시 크림을 손으로 바르는 건 안 되는지 물었다. 음식을 만들 때도 손을 사용하고 요리용 장갑도 끼고 있으니 손으로 크림을 발라도 되지 않을까 생각한 것이다. 결국 나는 손으로 만든 트리 케이크를 완성했다. 그동안 캔버스 위에 평면의 그림만 그리다가 내가 생각한 형태가 입체로 완성되는 경험을 하니 굉장히 재미있었다. 호기심이 즐거움으로 바뀌는 순간이었다.

그러나 케이크는 음식의 한 종류이기 때문에 아무래도 만드는 데 제약이 존재했다. 그때 조카가 한창 가지고 놀던 컬러 찰흙이 떠올랐다. 찰흙을 이용하면 음식이라는 제약에서도 벗어나 더 비정형적이고 어글리한 케이크를 만들 수 있을 것 같았다. 그렇게 찰흙 케이크는 모양을 갖추어나갔다. 그런데 아무래도 찰흙이라 그런지 케이크의 느낌이 좀 부족했다. 그래서 진짜 마카롱과 과자로 장식을 했다. 크리스마스를 기념하는 초도 꽂았다. 예쁘지는 않지만 개성 넘치는 모양의 케이크로도 기념과 축하는 충분히 할 수 있다는 마음에서 시작한 일이었다.

실제로 나와 조카는 이때 만든 케이크로 신나게 크리스마스 기분을 만끽했다. 이 경험이 즐거워 개인 SNS에 사진을 올렸다. 케이크를 선뜻 만들어도 된다고 한 사장님의 마음에 보답도 할 겸, 베이커리 카페에서 크리스마스 케이크 주문도 가능하다고 썼다. 내가 디자인한 케이크를 먹기 좋게 만들어서 수익금이 생기면 매년 크리스마스 시즌마다 가던 경동원에 기부하겠다는 포부도 품고 있었다. 코로나 때문에 직접 찾아가지 못하니 이런 방법으로라도 아이들과의 약속을 지키고 싶었다. 이것이 큰 문제의 시작점이 될 거라는 사실은 알지도 못한 채 말이다.

세상과　　　　　맞서는 방법

　SNS에 업로드한 케이크 사진은 반응이 좋았다. 케이크가 예쁘다고, 예술적이라고 하는 댓글을 보면서 혼자 기뻐하고 있는 와중에 기사화가 됐고, 기사에 대한 반응도 최고였다. 이런 이벤트 같은 일상이 기뻤다. 신나는 크리스마스 이브의 전야제라기에 꽤 괜찮은 시간이었다.

　기대감에 부푼 마음으로 크리스마스 이브를 맞았다. 그런데 이때부터 인스타그램에 유령 계정들로 '표절'이라는 댓글이 도배되기 시작했다. "너는 의식이 있긴 하냐?" "너 그러고도 예술가라고 하고 다니냐?" "제프 쿤스 표절이나 하는 주제에" 같은 댓글이 꼬리에 꼬리를 문 듯 달렸다. 갑자기 세상의 반응은 180도로 바뀌었고, 나는 나대로 너무 놀랐다. 재미있게, 진짜 한번 놀아보겠다는 생각으로 만든 케이크 모형이 누군가의 작품을 표절한 게 될 수도 있다는 사실을 처음 알게 됐다. 정말 몰랐어서, 나는 그런 생각이 단 일 퍼센트도 없었으므로 사람들에게 이야기를 하고 싶었다.

일단 인스타그램에 올린 글을 수정했다. 나는 친절한 설명이 있으면 사람들도 "몰랐구나, 해프닝이네"라고 웃으며 크리스마스 이브의 예기치 못한 소동으로 여겨줄 거라 생각했다. 찰흙으로 케이크를 만들려고 찾아봤을 때 제프 쿤스의 작품을 보긴 했으니까 영감을 받았을 수는 있지만, 이건 어디까지나 나의 방식으로 만들어본 케이크일 뿐이라고 적었다. 제프 쿤스의 작품 역시 아이들이 가지고 노는 플레이도 장난감에서 영감을 얻어 만들어진 것이기도 하고, 내가 결국 전하고자 했던 메시지는 누구든 예술가가 될 수 있다는 것이었다고 생각했기에, 논란이 되지 않을 거라 생각했다. 누구든 즐거움을 얻으면서 예술을 놀이처럼 할 수 있는 거니까. 이런 의미를 담아 글을 올렸지만, 마치 내 글이 전쟁의 서막을 알리는 종소리라도 된 듯 본격적인 논란이 시작됐다. 나에게 〈크리스마스의 악몽〉 속 유령이 찾아온 것 같은 기분이었다.

"판매한다며? 판매한다고 해놓고 무슨 장난이야. 네가 썼잖아. 판다고."
'빵집에서 제빵사들이 만든 케이크를 판매하는 거지 찰흙으로 내가 장난한 이 케이크를 파는 게 아니라고. 내가 만든 건 먹을 수 없는 케이크 모형인데 어떻게 판다는 거지? 내가 그렇게 헷갈리게 썼나? 다시 수정해야 하나? 수정하면 또 말을 바꾼다고 더 난리가 나겠지……?'

"네 작품이라며?"
'발표한 적이 없는데 무슨 작품이라는 거지. 그저 케이크를 보다가 놀이처럼 만든 것뿐인데…….'
"처음에는 작품이라고 했다가 이번에는 오마주라고?"
'아니, 나는 오마주 이야기를 한 적이 없는데 왜 이렇게 읽는 거지? 나는 그럴 마음 하나도 없었다고. 영감이

라는 단어가 왜 오마주로 바뀌는 건데? 아니라니까.'

핸드폰을 손에 들고 마치 대화하듯 혼자 댓글에 반응하고 답답해하고 소리치는 내가 참 난감했다. 그렇다고 댓글에 댓글을 달며 이런 이야기를 할 수도 없는 노릇이고. 정말 속이 타는 기분이 어떤 건지 분명하게 경험할 수 있었다. 그저 내 생각을 좀 더 친절하게 설명하고 싶었을 뿐인데, 나는 내 손으로 논란을 만드는 사람이 되어버렸다. 말 그대로 멘붕 상태에 빠졌다.

작품으로 발표를 한 게 아니라 그저 즐거운 놀이였는데 왜 표절이 되고, 친절하게 설명하고 싶어서 다시 적은 글은 왜 말 바꾸기가 되며, 영감을 받았고 하고 싶은 이야기와 닿아 있다는 설명이 오마주로 왜곡되는 이유가 뭘까? 내 의도는 하나도 전해지지 않고 오해만 쌓이는 과정은 왜 발생하는 거지? 이런 생각들을 하면서 크리스마스 이브를 보냈고, 늘 그랬듯 나의 대응은 말을 아끼는 것이 될 수밖에 없었다.

예전부터 자주 논란과 악플에 노출됐지만, 내가 할 수 있는 일은 딱히 없었다. 사실이 아니라는 내용의 기

저스트 어 케이크 | 2020년, 마블 케이크에 혼합 매체, 180×180×240㎜

사는 사람들 관심 밖이었고, 이미 사실이라고 생각한 이들에게는 어떤 것도 가닿지 않았다. 이전에는 말하지 못하는 답답함이 쌓여 나를 상처 입히는 지경까지 갔기에, 이번에는 적극적으로 내 생각을 전해보려 했다. SNS라는 것이 결국 소통의 창구이기도 하니까 다른 매체나 사람을 거치지 않고 직접 소통을 하면 내 진심이나 생각을 전하기에 훨씬 수월할 거라 착각한 것이다. 그러나 결과적으로 무엇도 달라지지 않았고, 그 현실은 나를 숨 막히게 했다. 다만 그때와 지금의 차이라면 내가 다른 방식으로 하고 싶은 이야기를 할 수 있는 사람이 되었다는 것이다.

이때부터 '그 케이크는 아무 의미도 없었어'라는 이야기를 전할 방법을 고민했다. 그러다가 떠오른 것이 케이크를 먹는 영상을 찍는다는 생각이었다. 이번에는 팝아티스트 앤디워홀의 작업을 진짜 오마주하여 〈저스트 어 케이크〉라는 영상을 제작했다. '저스트 어 케이크'라는 의미를 담아 만든 비디오아트 안에서 나는 계속 케이크를 먹었고, 그 모습은 조금 더 예술적 영역의 표현으로 하고 싶은 말을 한 것이었다. "Just a Cake. 그냥 케이크일 뿐이었어. 이렇게 심각해지지 마."

　내 방식대로 전한 이야기는 논란에 기름을 붓는 일이
되었고, 댓글의 상태는 더 최악으로 치달았다. 이때부터
언론도 가세했다. 기사를 읽으면 나는 마치 지금껏 표절
을 해왔던 작가였고, 발표했던 작품들은 표절작들이 됐
다. 사이버렉카를 통해 최악의 최악의 최악까지 변질됐
고, 한순간에 내 모든 노력이나 시간들이 쓰레기통에 처
박혔다.

　첫 감정은 허무함이었다. 내가 얼마나 진심인지, 얼마
나 오래 애썼던 것인지는 관심 밖의 사실들이었다. 노력
했던 과거는 사라졌고, 가치 없어졌으며, 나라는 존재는
무너졌다. 계속 사과를 하라는 요구가 이어졌는데, 나는
도대체 내가 무엇을, 누구에게 사과해야 하는지 알 수
없었다. 얼마나 답답했으면 사람들이 표절했다고 하는
예술가, 제프 쿤스에게 메일까지 보냈을까. 그가 만약
문제라고 한다면 기꺼이 그를 향해 사과를 하겠다는 생
각이었다. 그러나 제프 쿤스는 답이 없었다.

　이제 주체가 사라진 논란은 오직 나라는 사람을 공격
하고 죽이기 위한 과정으로 변질되고 있었다. 나는 몰염

저스트 어 케이크 - Piece of Hope │ 2021년, 캔버스에 혼합 매체, 50×50cm

치하고 상도가 없으며 예술에 대한 존경이 없는 인간이 되고 있었다. 이쯤 되니 오히려 정신이 맑아졌다. 허무함 같은 감정은 버리고 상황 파악과 냉정한 대응을 생각하게 됐다. 아마 과거의 나였다면 숨기 바빴을 것이다. 공격이 아파서 도망치고, 무서워서 피하고, 누구에게 하는지도 모를 의미 없는 사과를 하고 있었을지도 모르겠다. 그러나 여러 일을 겪으며 나는 성장했고, 그때보다 훨씬 단단해졌으며 나라는 사람이 가진 힘을 믿게 됐다. 이것이 시간과 경험, 상처마저도 쌓여 얻게 된 좋은 점이었다.

'여기서 또 사과를 하거나 고개를 숙이면 나는 어떤 작업을 해도, 어떤 작품을 발표해도 결코 인정하지 않는 일부 대중들의 노예가 될 뿐이겠구나'라는 생각이 들었다. 그렇게 살고 싶지 않았다. 사과를 하는 대신 오히려 사과를 하라는 이들에게 또 다른 이야기를 하겠다는 결심이 생겼다. 그렇게 시작된 작업이 '저스트 어 케이크 Just a Cake' 시리즈다.

〈저스트 어 케이크〉 영상을 찍을 때 먹다 남은 케이크를 보는데 참 불쌍한 존재라는 생각이 들었다. 축하를 위해 만들어졌으나 이제 '축하'라는 기능을 상실하고 처치 곤란한 음식물 쓰레기가 된 것이다. 케이크는 누군가의 불만의 대상이 되려고 만들어진 것이 아니다. 이들은 모두 기분 좋은 일을 기념하는 예쁜 의미를 가지고 만들어졌다. 그러나 기능을 상실한 케이크는 결국 욕먹는 존재가 되었고, 이런 변화가 마치 나의 모습과 겹쳐 보였다. 나라는 사람은 미움을 받기 위해 태어나지 않았다. 많은 이에게 기쁨이고, 축복인 존재였다. 그러나 그 존재의 기능을 잊은 이들에게 나는 그저 욕할 대상에 지나지 않았던 것이다. 더 넓은 범위로 생각을 확장하면, 버려진 케이크는 나라는 개인에서 멈추지 않고 코로나 시대에 일상이 상실된 현대인의 모습과 닮아 있었다. 한편으로는 쇼케이스에 정형화된 모습으로 자리를 잡고 있는 케이크를 보면서 팝 아티스트들의 가려진 고독이 오버랩되기도 했다.

이때부터 케이크를 평면화하는 방식과 크림의 질감을 낼 수 있는 재료를 연구했다. 삼십 점 정도 작품을 완성해 'Just a Cake'라는 이름의 개인전도 열었다. 무리한 일정이지만 악으로 깡으로 해냈다. 마음 한구석에는

'악플러들, 너네 잘 봐. 내가 진짜 작품으로 만들어서 너네한테 꼭 보여줄게'라는 외침도 있었다. 그런데 작업으로 깊이 집중하는 시간을 보내면서 처음에 느낀 나쁜 감정은 사라지고 온전히 작품에 대해 고민하는 시간만 남게 됐다. 버려진 케이크를 살리는 방법, 사라진 기능을 새롭게 부여하는 방법에 대해 고민했고, 축하를 상징하는 초를 꽂아 쓸모를 다시 찾아주겠다는 방법을 생각해 냈다. 그렇게 나의 버려진 케이크는 새로운 초가 꽂히며 예술 작품으로 탄생했다.

모든 작품은 초가 타는 시간 동안 자신만의 의미를 얻었다. 이건 나 자신에게도 해당하는 이야기였다. 초가 타는 시간 동안 나는 '이 시간이 다 지나가게 해주세요. 절망적인 시간은 가고 새로운 봄이 오는 것처럼 내 마음에도 봄이 오게 해주세요'라는 바람을 빌고 또 빌었다.

버려진 케이크는 초가 꽂히는 순간 희망의 상징, 부활의 상징이 되었다. 고통스러운 시간을 견디는 나 자신도, 그리고 일상이 무너진 그 누구라도 새로운 희망을 만날 수 있다는 메시지를 전하고자 했다. 작품을 완성해가는 시간 속에서 상처받고 절망에 빠졌던 내 마음 역시 녹아

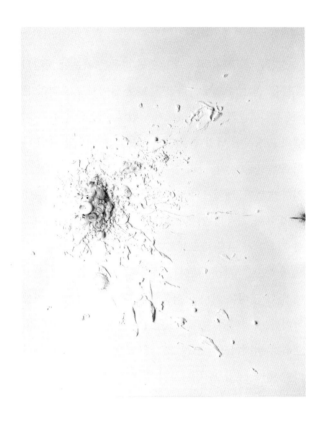

저스트 어 케이크 - Piece of Hope │ 2021년, 캔버스에 혼합 매체, 228×182cm

내렸다. 초가 녹은 흔적이 내 마음의 기록이 되었다.

시간은 참 신기하다. 분노했던 마음은 차분한 시간의 흐름을 만나 조금씩 사라졌다. 나를 돌아보고 오히려 문제를 더 객관적으로 바라보게 되었다. 마음의 승화가 이뤄지고 작품이 남았다. 마음의 찌꺼기를 태우고 다시 나의 모습을 찾았다. 그리고 결과적으로 이 작품은 새로운 기회가 됐다. 케이크와 연관되어 발생한 논란과 이후 내가 발표한 작품의 연결성을 재미있게 본 바르셀로나의 한 기획자가 나를 바르셀로나 아트 페어에 초대했다. 전 세계적으로 사이버 테러 문화가 심각해지고 있는 상황에서 그 의미를 하나의 작품으로 탄생시킨 방법이 인상적이라는 평이었다. 제프 쿤스를 표절한 것이 아니라, 오히려 현대미술의 모든 조건을 오롯이 간직한 작품이라고 했다. 그가 보내준 초청 편지가 내게는 또 다른 의미가 되었다. '내 생각이 틀리지 않았구나. 힘들게 느껴졌던 감정, 겪었던 사건을 계기로 삼아 또 하나의 예술 작업으로 확장하는 것도 괜찮은 것이구나'라고 인정하는 계기가 되었기 때문이다.

물론 케이크 시리즈를 선보인 개인전 후 아빠가 돌아가시면서 희망에 대한 기대는 부서졌다. 그러나 머물러 있는 상태로 부서지고 버려진 것이 아니라 한 걸음 나아간 후에 다시 만난 상실이었기에 나는 또 한 번 일어날 수 있었던 것 같다. 고이지 않고 나아가는 힘, 포기하지 않고 다시 시작하는 힘을 얻게 하는 것은 결국 나의 지난 시간들이 아닐까. 나답게 행동했던 모든 것이 결국 나를 보호하는 새로운 장치가 되어준 셈이다.

　　바람은 이뤄질 수도 아닐 수도 있지만, 간절히 바라는 시간은 결국 나를 한 걸음 앞으로 보내준다는 사실을 새삼 깨달으며, 나는 여전히 나라는 사람을 살아 있는 초처럼 태우며 다음 걸음을 내딛는다.

'이게 도대체 뭐길래 내가 아빠의 죽음을, 할머니의 죽음을 충분히 애도하지 못한 채 여기 타국에 와 있는 것인가.'

바르셀로나 아트 페어는 시작됐지만 내 마음에는 슬픔의 덩어리가 오히려 크기를 키우며 자리 잡았다. 얼굴은 무표정했지만 마음은 울고 있었다. 그럼에도 전시는 계속됐고, 내 작품을 보러 오는 이들은 늘어났다. 나는 전시 기간 중 세련된 정장을 입은 신사가 내 작품 앞에 서서 감상하는 모습을 멍하게 보고 있었다. 그때 신사가 작품을 보다가 눈물을 닦으셨다. 조심스럽게 그분에게 다가가 왜 우셨는지 여쭤보자 신사는 본인의 이야기를 해주셨다.

"나는 독일에서 왔어요. 우리 아내도 작가였는데, 이 페어에 함께 오기로 했었죠. 그런데 아내가 코로나에 걸렸어요. 열심히 치료를 받았지만 전시가 열리기 한 달 전에 죽었죠. 나는 아내의 그림을 들고 혼자 이 전시를 찾았어요. 내 아내의 마지막 작품들을 전시하고 싶었고, 사람들이 봐주길 원했어요. 아내를 기억하는 방법이니까요. 그런데 이 작품을 보니까 아내 생각이 많이 나네요. 비슷한 색감을 사용하기도 했고, 작품이 풍기는 느낌도 비슷해요. 아내 생각이 나서 나도 모르게 눈물을 흘렸어요."

눈을 맞추고 이야기를 듣다가 나 역시 눈물이 흘렀다. 우리는 모두 소중한 이들을 잃고 이곳에 존재한다는 공통점이 있었다. 서로 어떤 삶을 살았는지는 알지 못한다. 각자 자신의 사회에서 자신만의 삶을 살았으리라.

우리는 모두 상실을 겪는다. 이것만은 어떤 차이에도 불구하고 서로 공유할 수 있는 감정이자 경험일 것이다.

전시에 오는 이들을 통해 이별의 아픔이 모두가 겪는 일이라는 사실을 느끼면서 조금씩 위로를 받았다. 많이 울고, 많이 배웠다. 나에 대한 배경지식이 하나도 없는 이들을 통해 듣는 내 작품에 대한 평은 새로운 깨달음을 주었다.

말이 통하지 않아도, 어떤 사람인지 어떤 삶을 살았는지 몰라도 충분히 이해하고 이해받을 수 있었다. 한국에서는 편견과 이미 완성된 나에 대한 생각 때문에 여러 이슈를 겪었는데, 이곳에 오니 그 모든 것은 본질이 아니었다는 것이 분명해졌다. 이 자리에 당당하게 두 발로, 나로 서 있는 것만으로도 나는 충분히 괜찮게 살아내고 있다는 자신이 생겼다. 잘하고 있다고 나를 칭찬해주고 싶은 마음이 조금씩 커졌다.

그렇게 이틀간 이어진 전시는 마지막을 향했다. 처음에는 시상식이 있는지도 몰랐고, 현장에서 그 이야기를 들었을 때는 누가 받을까 궁금하다는 생각을 했다. 물론 내가 받을 수 있으리라고는 단 한 순간도 생각하지 않았다. 삼십오 개국에서 작품 활동을 하는 다양한 작가들이 참석한 자리였고, 그 자리에 나 역시 초대받아 함께했다는 것만으로 충분히 좋았다. 전시 기간이 짧아 아쉬웠지만 코로나 때문에 어쩔 수 없다는 이야기를 듣고, 정말 코로나가 일상의 너무 많은 부분을 무너뜨렸구나 싶어 잠시 침울해지기도 했다.

시상식이 있는 마지막 날, 전시장에서 혼자 감회에 젖어 있는데 거동이 불편한 스페인 할아버지께서 내 부스를 찾아오셨다. 다리가 불편하신 듯해서 걱정스레 바라봤다. 할아버지는 작품을 둘러보신 후 나에게 "작품이 참 맑군요"라는 말을 했다. 특히 〈허밍Humming〉에 관심을 보이셨는데, 이 작품이 어떤 작품인지를 물어보셨다.

"이곳에 참석하기 전 아버지와 외할머니가 하늘로 가셨어요. 두 분을 생각하는데 어떤 말도 떠오르지 않고 오직 소리만으로 슬픔과 그리움을 표현할 수 있겠더라고요. 그 마음과 생각을 담은 작품이에요."

내 말을 진지하게 듣던 할아버지는 지금의 순수함을 잃지 않고 오랫동안 꾸준하게 작업을 했으면 좋겠다고 말하며 내 손을 꼭 잡았다.

허밍 │ 2021년, 캔버스에 혼합 매체, 61×182cm

아트 페어의 마지막 순서로 시상식이 시작되면서 심사위원들의 존재를 알게 되고 나는 깜짝 놀랐다. 내 손을 꼭 잡아주었던 할아버지는 바르셀로나 아트 페어의 심사위원장인 로버트 이모스였다. 이외에도 가우디 성당의 종탑을 마무리 중인 조각가 등 예술계에서 명망을 가진 일곱 명의 심사위원들이 전시된 작품을 둘러보며 평가를 했다.

심사 결과가 발표되며 상을 받은 이들의 기뻐하는 모습과 많은 이의 축하 박수가 전시장을 울렸다. 물론 마지막까지 내 이름은 불리지 않았기 때문에 '내가 바르셀로나 아트 페어에서 상을 받는 게 이상하지 뭐'라고 생각하며 주변 지인들과 저녁을 어디서 먹을지 이야기하고 있었다. 그때 내 이름이 호명됐다. 사실 나는 듣지 못했는데, 두 번 정도 '지안 권'을 외치니 옆에서 내 이름이 아니냐고 말해서 알게 됐다. 내가 받은 상은 말도 안되게 바르셀로나 아트 페어의 대상이었다.

상을 손에 들고 있는데도 그저 신기하고 믿기지 않았다. 바르셀로나까지 와서 세계 곳곳에서 자신의 세계를 만들어내고 있는 작가들과 어깨를 나란히 한 것만으로도 영광인데, 그들이 내 작품을 보고 마음을 가장 크게 주었다는 사실이 놀라웠다. 나와 내 지인들은 모두 눈물을 터뜨렸다. '이 상은 나를 위해 준비된 위로구나' 하는 마음이 들었다. 마치 어린 시절 '참 잘했어요' 도장 하나를 받으면 세상을 다 가진 것처럼 기뻤던 그 마음과 같았다. 내 인생이, 내가 살아온 시간들이 참 잘했다는 칭찬을 받은 것 같았으니 말이다.

누군가의 인정이나 권위 있는 상을 받아야만 성공한 인생이 아님을 알고 있다. 그런 것을 바란 적도, 필요하다고 여긴 적도 거의 없다. 그러나 내가 나를 칭찬하고 위로하는 것과 별개로 누군가의 인정은 또 다른 기쁨이라는 것을 깨달았다. 내 길이라고 생각하며 열심히 걷다가도 한 번씩 이 길이 틀린 길이면 어쩌나 싶은 걱정이 있었는데, 그런 걱정을 날려주는 것이었다. 힘든 시기지만 자신을 믿고 꿋꿋하게 나아가면 결국 좋은 결과가 기다린다는 응원 같았다.

한국에서도 그런 내용으로 기사가 나왔다. 기자들도, 원래 미술을 하던 사람이 아닌 연예인이 꾸준히 미술을

해 상을 받은 것이 화제가 될 소식이라고 생각해 기사
를 썼을 것이다. 한 분야에서 꾸준히 자신의 신념을 가
지고 하고자 하는 일을 해나간다면 분명 긍정적인 결과
를 얻을 수 있다는 사실을 증명한 일이니 축하받을 일
이 맞았다.

　그런데 역시 인생은 단짠단짠인지, 아니면 내 인생이
유독 그런 것인지, 좋은 일은 그저 좋은 일로 끝나지 않
는다. 기사가 난 다음 날 유튜브에서 여러 이야기가 나
왔고, 기가 찬 말들도 많았다. 돈을 주고 상을 받았다는
말을 듣고는 솔직히 참담한 기분이었다. 그저 작은 전시
회에서 상 받은 것에 불과하다는, 아트 페어의 권위를
깎아내리는 말도 있었는데, 나는 지금껏 단 한 번도 권
위를 생각해서 전시에 참여한 적이 없다. 오히려 한 번
이라도 더 내 그림을 보여줄 수 있다면 좋은 것이 아니
냐는 입장이었다. 바르셀로나라는 도시 이름을 걸고 진
행된 아트 페어였고, 나는 초대를 받았고, 작품을 전시
했다. 그 작품이 좋다며 그들은 상을 주었다. 전시의 권
위가 어떻든 작가는 작품을 보여줬고, 그 작품으로 사람
들과 소통했고, 작가의 의도와 마음이 잘 전해졌다. 작

가 입장에서 생각하면 이보다 더 좋은 기회가 있을까?

나는 한 번이라도 더 작품을 보여주고 싶다. 그럴 수 있는 무대가 많으면 많을수록 박수를 칠 일이라 생각한다. 심지어 국내가 아니라 더 넓은 국제 대회에 작품을 선보이는 일인데 그 좋은 기회를 왜 별거 아니라고 폄하하는 걸까. 더 많은 곳에서 작품을 선보이는 과정에서 나 역시 더 나은 작가로 성장한다. 스스로를 갖추어가는 과정이야말로 노력을 필요로 하고, 끝없이 지속하는 노력 속에서 또 다른 기회를 발견해나간다.

말이 안 되는 일들은 늘 그렇듯 당연하게 일어나고, 나는 또 그 일의 한가운데 서 있었다. 계속 질문이 꼬리를 물고 머릿속을 어지럽혔다.

한국에 돌아와 자가격리를 하면서 이런 이야기들을 듣는데 트렁크에서 꺼내지도 않은 트로피를 부수고 싶었다. 한편으로는 화가 났고, 다른 한편으로는 나에게 고통을 주는 트로피가 과연 무슨 의미가 있을까 싶었다.

그러나 며칠 고열을 앓고 나서 이런 생각은 깔끔하게 사라졌다. 엄마 덕분이었다. 엄마가 트렁크를 정리하다가 트로피를 발견하고는 박스에서 꺼내지도 않고 주방 장식장 위에 올려 두셨다. 그걸 보는데 괜히 멋쩍어서 "엄마, 이거 중요한 트로피야. 내가 이거 받고 얼마나 욕을 먹었는데"라고 툴툴거렸는데, 엄마는 "그래?" 하고는 웃으셨다. 물론 지금도 그 트로피는 장식장 위에 박스째로 덩그러니 놓여 있다.

트로피는 그저 트로피일 뿐인데 나 역시 트로피에 너무 큰 의미를 둔 것 같다. 내가 상을 받은 걸 정말 기뻐하셨던 엄마였는데, 엄마의 기쁨은 트로피에 있지 않았다. 상을 받은 내가 기뻐하는 게 좋으셨을 거고, 내 모습이 기특하고 내가 보낸 시간이 인정받는 게 기쁘셨을 것이다. 그 모든 것을 빼고 트로피만 놓으면 그저 장식품 그 이상도 이하도 아니다.

이 일을 겪으며 무언가를 할 때 어떤 결과를 얻고자하는지, 그 결과의 진짜 의미는 무엇인지, 무엇을 위해 자신이 애쓰는지를 분명히 알아야 한다는 교훈을 얻었다. 모든 것은 본질이 중요한 것이니까.

여러 해프닝은 멈출 기미도 없이 계속 발생하고, 나는 항상 선택을 해야 하는 입장이다. 그 안에서 계속 상처받

고 있을지, 그 틀을 박차고 나와 다음을 준비할지 말이
다. 그리고 나는 언제나 다음을 준비하는 선택을 했다.

주변 사람들은 내 걱정을 정말 많이 한다. 현실이 너
를 힘들게 해도 절대 나쁜 선택을 하면 안 된다며 자꾸
이야기한다. 그러나 나는 타인의 인정에 집착하느라 내
가 가진 본질을 흐리지 않을 것이다. 나는 언제나 나로,
나답게 살아갈 것이다. 그 시간을 작품에 담아 목소리를
내고, 나만의 방식으로 이야기를 멈추지 않을 것이다.
그것이 내가 살아가는 방법이다. 이제야 어떻게 살아갈
것인지 조금씩 선명해지는 기분이다.

이 자리에 당당하게 두 발로,
나로 서 있는 것만으로도

나는 충분히
괜찮게 살아내고 있다.

사과는 　　　그릴 줄 아니?

　　그림을 그리는 작가의 삶을 산 지도 어느새 십 년이
지났다. 그 시간 속에서 나는 치열하게 작품을 완성했
고, 여러 장벽을 넘는 모험을 했다. 그리고 매번 내 발밑
의 돌부리가 되고, 간신히 넘은 장벽 뒤에 숨은 암살자
같던 '말'들을 이겨냈다.

　　"너, 사과는 그릴 줄 아냐?"

　　한껏 비아냥거림을 더한 이 말은 아마도 내가 미술을
시작하고 가장 많이 들었던 말 중 하나일 것이다. 국제
대회에서 상을 받아도, 개인전이 호평을 받아도, 경매를

통해 작품의 가치를 인정받아도 늘 뒤따라 붙는 말이었다. 도대체 사과를 그리는 것이 그렇게 중요한가? 처음에는 이해가 안 됐다. 그놈의 사과가 뭐길래.

하고 싶은 것에 최선을 다하는 것. 내가 한 것은 딱 그것뿐인데 사람들은 자꾸 나에게 사과를 그리거나, 사과를 하라고 했다. 나는 큰 잘못을 저지른 사람으로 몰렸고 주어도 목적어도 없는 사과를 요구받았다. 누구에게 무엇을 사과해야 하는지 모르지만 그래도 너는 사과를 해야 한다는 말에 가끔은 어이가 없을 지경이었다.

나는 이 요구를 한 이들을 알지 못한다. 온라인 속에서 정체 없는 다수에 의해 일방적 강요를 받았다. 익명성을 무기로 타인의 상처에 아랑곳하지 않고, 수없이 같은 자리에 상처를 내는 이들이 너무 많다. 미술을 시작하니 "네가 무슨 미술을 한다고 하냐? 그림을 알기는 하냐?"라고 했다. 국제 대회에서 상을 타니 "돈 주고 상을 사왔냐? 동네잔치 같은 예술제에서 받은 상이 무슨 상이냐?"라고 했고, 케이크를 만들었더니 "표절이나 하는 하찮은 미술가냐?"라는 욕설이 돌아왔다.

그들은 고작 한 번인데 뭐 어떠냐 싶겠지만, 나에게

는 한 명이 아니기에 내 마음에 생기는 상처는 아물 시간이 부족했다. 일대 다수의 싸움은 언제나 일방적이게도 한 명의 고통과 상처로 끝이 난다. 그렇게 꽤 오랜 시간을 지나오면서 한 가지 질문이 떠올랐다. 내가 왜 이런 상처를 받아야 하지? 왜 아파야 하지?

나는 이유가 없는 것을 납득하고 싶은 생각이 단 일 퍼센트도 없었다. 아무도 몰라주는, 상처만 가득한 피해자로 남고 싶지 않았다. 우는 소리만 하는 약한 사람이 되고 싶지도 않았다. 그래서 역으로 내가 겪은 이 모든 과정을 새로운 이야기로 만들어야겠다고 생각했다. 피하거나 숨지 않고 용기를 내서 이야기를 시작했다. 그 결과물이 '애플' 시리즈다. 이 작품은 사과를 그릴 줄 아는지 물었던 불특정 다수를 향한 내 방식의 대답이기도 하다.

나에게 사과는 굉장히 중요한 오브제다. 나라는 사람은 온라인 세상과 밀접하게 연결되어 있다. 그 안에는 내가 모르는 내가 살고 있고, 내가 모르는 공격자들이 존재한다. 그들의 공격은 온라인 밖에 사는 나에게까지 영향을 미친다. 그래서 나는 나도 모르는 사이 수많은 상처를 껴안은 사람이 되었다. 어느 순간 억울했다. 이

수많은 상처 중에 어떤 것도 명확한 이유가 없었다. "그냥." "그냥 너니까." 이 말이 얼마나 많은 생각을 하게 했는지 아마 그들은 영원히 모를 것이다.

그때부터, 억울한 마음이 든 순간부터 나는 온라인 세상을 조금 더 새롭게 바꾸는 고리들을 만들어내고 싶다는 생각을 했다. 사이버 유토피아, 무분별한 폭력적 언어를 정화할 수 있는 방법 등을 고민하면서 떠올린 것이 바로 사과다. 하고 싶은 말이 있을 때, 언어 대신 알록달록한 색의 사과들을 나열하는 방식으로 이야기를 전하는 것이다. 사과를 다양한 색으로 알파벳화하여 애플 폰트를 만들었다. 정 그렇게 욕하고 싶으면, 말 같지 않은 말을 꼭 해야 한다면 사과로 말하자는 제안이기도 하다. 이렇게 조금씩 사이버 세상 언어를 정화하고 초월하는 시간을 가지면, 온라인상의 문제들도 하나씩 새로운 관점으로 바뀌고 해결의 실마리를 찾을 수 있을 거라는 기대도 있었다.

사실 나에게 사과를 그릴 줄 아는지 묻는 행동에 깔린 의도는 그림에 대한 기본은 가지고 있는지에 대한 질문일 것이다. 데생을 할 수 있는지, 미술을 배운 적은 있는

비욘드 더 애플 - original G │ 2022년, 혼합 매체, 53×45.5cm

지, 미술을 전공했는지 등을 하나로 뭉쳐서 하는 질문인 셈이다. 나에게도 무수한 고민의 시간이 있었다. 한편으로는 학교에 입학해서 전공으로 공부를 더 해볼까 하는 마음을 가졌던 적도 있다. 그렇게 하면 사람들이 나를 공격하지 않을까? 나에게 꼬리표처럼 붙은 비전공자라는 설명을 떼어버릴 수 있을까? 한참 고민했지만 내가 내린 답은 '그렇다고 뭐가 달라지겠어'였다. 그들이 보고 싶은 나는 부족하고 모자라고 기본 없는 사람일 뿐이다. 그건 내가 학교를 졸업한다고 달라지지 않을 것이다.

내가 생각하는 예술은 보이는 것을 얼마나 똑같이 표현하는가보다 세상을, 사물을, 대상을 어떻게 바라보고 어떻게 표현해내는지에 더 집중하는 것이다. 물론 절차와 순서를 지켜내는 것은 중요하다. 그런 과정이 있기 때문에 질서가 유지되고 사회와 개인의 삶이 혼란스럽지 않게 이어질 수 있다는 사실도 알고 있다. 그러나 과정의 방식이 딱 하나만 인정받아야 하는 것은 아니라고 생각한다. 어떤 분야의 전문가를 표현할 때, 학문적으로 많이 배운 이들도 포함되지만 그 분야를 꾸준히 해내는 이들도 포함된다. 배워서 아는 것이 있고, 직접 그 안에

들어가 삶의 일부분으로 겪어서 아는 것이 있다. 예술도 이와 다르지 않다고 느낀다.

예술의 가치는 보는 이에 의해서 결정된다. 내가 아무리 좋은 작품이라고 외쳐도 예술을 즐기는 이들의 눈에 그 가치가 보이지 않는다면 그저 여러 작품 중 하나일 뿐이다. 예술가 역시 자기만족을 위한 작품 활동을 하는 동시에 자신의 창작물을 많은 이에게 인정받고 싶어 한다. 그 인정의 기준이 무엇인지 생각해볼 일이다. 음악을 들을 때 음악이 좋다, 안 좋다라는 이야기는 하지만 음악을 만든 이의 전문성을 논하지는 않는다. "이 작곡가가 유명 대학 출신이기 때문에 좋은 음악이야"라는 말을 하지 않는다. 미술도 같지 않을까. 작품을 보는 이가 어떤 평가를 내리는지는 그들의 영역이다. 다만 "이 그림을 그린 사람은 전공자가 아니니까 이 그림은 작품으로서의 자격이 없어"라는 말은 납득하기 어렵다.

그림을 그릴 때도, 음악을 할 때도 나는 내가 가진 모든 것을 쏟아붓는다. 열정, 시간, 체력, 감각 등 나를 둘러싼 모든 것은 단 일 퍼센트의 낭비 없이 결과물을 위해 활용한다. 매 순간 느끼기 위해 감각을 날카롭게 하려 애쓰고, 건방지거나 자만하지 않도록 새로운 생각 속에 빠지기 위해 애쓴다. 그 모든 과정의 합으로 하나의 결과물이 탄생하는 것이다. 결과물 안에 담긴 고민의 흔적, 생각의 깊이, 애쓴 시간을 누군가가 알아주기에 작품으로서의 가치를 가지게 된다고 여긴다. 그것에 늘 감사하고 있다.

이건 나만의 이야기가 아닐 것이다. 자신의 이름을 가지고 이 세상을 사는 모든 이는 각기 다른 위치와 분야에서 이런 시간들을 보낸다. 그렇게 하나의 일을 하고, 또 하나의 과정을 거치며 조금씩 자기답게 앞으로 나아가고 있을 것이다. 그 모든 것은 충분히 존경받을 만하다.

서로가 서로를 조금 더 인정해주면 좋겠다. 다르다고 틀린 것이 아니라는 말을 생각으로 끝내기보다 행동으로 옮길 수 있는 이들이 많아지기를 바란다. 나는 다름에 대한 인정이 누군가를 살리는 힘이 되고, 새로움을 탄생시킬 것이라 믿는다.

솔비도 하는데,   나도 해볼까?

미술을 시작한 계기는 나라는 개인의 치유가 목적이었다. 그런데 작업을 거듭하고 시간이 흐를수록 나 자신의 치유를 넘어 더 많은 순기능이 미술에 있음을 깨닫는다. 그래서 앞으로는 좀 더 이런 기능을 알리고 싶다. 사회와 공유함으로써 더 나은 세상을 향한 작은 도전을 함께 해보려고 한다. 이렇게 이야기하면 굉장히 거창해 보이지만, 사실 처음 대중에게 아트테이너나 미술 작가 등으로 소개될 때부터 내 목적은 분명했다. "솔비도 하는데, 나라고 못 하겠어? 나도 미술 해볼래"라는 말을 최대한 많이 듣는 것. 누구든 해도 되는 것이 예술이고, 누구라도 원하면 시도할 수 있는 것이 예술이라고 생각했기 때문이다.

지금은 이다음 단계를 고민한다. 나는 어떻게 더 성장할 수 있을까? 처음의 마음을 잃지 않으면서 어떻게 더 성숙한 생각을 보여줄 수 있을까? 내가 가진 생각을 구체화하고 발전시키는 것이 지금 나에게 주어진 숙제다. 사실 숙제를 할 수 있는 방법은 알고 있다. 처음과 동일하다. 꿈을 꾸고, 꿈을 향해 조금씩 걸어가면 된다. 최대한 가깝게 다가가고자 애쓰다 보면, 결국 꿈은 이뤄진다.

사실 나도 꿈으로 가는 길은 정확하게 모른다. 구체적으로 제시할 수 있는 방법도 모른다. 현실에 다치지 않고, 포기하지 않고, 악착같이 꿈을 꾸라고 이야기하는 것도 어렵다. 모든 개인의 상황은 다 다르니까. 다만 작은 것부터 시도하기를 멈추지 않았으면 좋겠다. 일단 밖으로 꺼내놓는 것부터 해보면 어떨까. 꿈을 이야기하는 것. 막연하게 말하기보다 되도록 구체적으로 이야기하면, 꿈은 허상의 것이 아니라 눈앞에 그려지는 것으로 바뀐다. 더불어 누군가가 꿈을 이야기할 때 현실성 없는 말이라고, 헛된 생각하지 말라고 하기보다 따뜻한 시선으로 응원할 수 있는 환경을 만들어야 한다. 내 주변을 그런 사람들로 채워가는 것 또한 꿈에 다가가는 방법이다.

꿈을 향하는 길에는 여러 장애물이 존재한다. 장애물은 욕망이나 욕심일 수 있고, 답답함이나 타인의 거절일 수도 있다. 그때마다 좌절하겠지만 본질을 보기 위해 노력해야 한다. 내가 가진 본질은 꿈이다. 꿈을 둘러싼 것들이 아니다. 이 사실만 명확하게 알고 있어도 꿈을 포기하는 확률이 충분히 낮아질 것이다.

나라는 인생, 나라는 콘텐츠는 단 하나다. 이 콘텐츠의 디렉터가 되어 가장 좋은 결과물을 만들어낼 수 있는 사람도 오직 나뿐이다. 막연하게 하고 싶은 것을 생각하는 건 요행을 바라는 것이다. 꿈을 꾸는 것의 기본에는 노력이 포함된다. 해야 할 일을 해내고, 찾아야 하는 것을 찾기 위해 애쓰고, 구체화하기 위해 행동하는 것. 이런 과정들이 더해져야 꿈은 현실이 될 수 있다. 치밀함과 집요함도 필요하다.

나는 매번 꿈을 꿀 때마다, 꿈을 이야기할 때마다 비웃음을 샀다. 가수 솔비도, 예술가 권지안도 누군가에게는 하찮은 비웃음의 대상이 되기도 했다. 그러나 나는 '비웃으려면 웃어. 내가 하겠다는데 어쩌겠어'의 마음으로 시작했고, 멈추지 않았다. 꿈은 내 것이지 그 사람의 것이 아니니까. 타인의 꿈을 가볍게 생각하는 사람들이 많지만 그들에게 지고 싶지 않았다. 마음 한구석에는 '그래도 꿈꾸는 내가 비웃기만 하는 너보다 나은 삶이야'라는 자신도 있었다. 물론 생각만 한 건 아니다. 내 꿈이 얼마나 멋진 것인지 증명하기 위해 노력하고 또 했다. 타인에게는 뜬금없어도, 낯설어도, 내 인생에서 꾸는 꿈은 결국 내 몫이다. 책임져줄 것도 아니면서 감 놔라 배 놔라 하는 이들의 말까지 모두 들어줄 이유가 없다. 이 사실을 깨닫고 나니 한결 마음이 가벼워졌다. 내가 선택하고, 결정하고, 실행하고, 책임지면 된다. 그 뿐이다.

또 하나 꼭 필요한 생각은 유연함이다. 꿈은 절대적인 것이 아니다. 반드시 그것이어야만 하는 것이 아니란 이야기다. 변하고 바뀐다. 나라는 자아 역시 시간이 지날수록 달라지고, 어떤 계기 때문에 변하기도 한다. 자아도 그런데, 꿈은 그 자아의 바람이다. 당연히 영원불변의 거창한 것이 아니라 쉽게 바뀌고 달라지는 것이다. 그러니 '안 되면 어떻게 하지, 실패하면 어떻게 하지' 같은 생각은 할 필요가 없다. 그럴 수 있다고 생각하고 다른 꿈을 꾸기 시작하면 된다.

더불어 누군가에게 보여주기 위해 하지는 말기 바란다. 정말 나에게 중요한 것인지, 꼭 하고 싶은 것인지 묻고 답하는 시간을 충분히 가져야 한다. 정상 범위, 정상적인 모습이라고 만들어놓은 사회적 기준에 겁먹지 말자. 낯선 삶의 순간들을 힘들어하기보다 나만의 새로운 모습으로 받아들이려는 시도를 해보자. 그러다 보면 내가 원하는, 나만의 삶을 살 수 있게 된다.

인생은 타인의 강요가 아니라 나의 책임을 우선적으로 고려해야 한다고 생각한다. 나에게는 이해되지 않는 기준이 너무 많았다. 처음에는 맞춰볼까 했지만 노력할수록 기준은 많아졌고, 사람들은 이런 나에게 만족하지 않았다. 심지어 나 자신조차 불행했다. 그래서 이해되지 않는 기준을 버리고 내가 책임질 수 있는 기준을 지키기 위해 노력했다. 그렇게 바꾸니 더 이상 나는 불행하지 않았다. 사람들은 여전히 나에게 만족하지 않지만 나는

허밍 크림 | 2022년, 캔버스에 혼합 매체, 90.9×72.7cm

<u>스스로에게 만족한다.</u>

이 변화가 엄청난 깨달음을 줬다. 이래도 저래도 만족하지 못하는 사람들을 위해 시간 낭비하지 말고 나를 만족시키는 삶을 살자는 다짐을 한 계기가 되었다. 행복의 기준도, 삶의 방향도 사람마다 다르다. 그러니 휩쓸리지 않고 내 안에서 나오는 진짜 이야기에 집중해야 한다. 진짜 자기 생각과 자기 확신을 가지고 살아야 한다. 내 인생이니까. 오직 나만 책임질 수 있는 삶이니까 말이다.

이래도 저래도 안 되는 최악의 순간에는 "솔비도 하는데, 나라고 못 하겠어?"라는 말을 해보자. 어쩌면 이 작은 문장이 주문처럼 힘을 줄지도 모른다. 나도 가끔 하는 말이기도 하다. 속으로 '저 사람도 했는데 내가 못 하겠어?'라고.

그럼에도 불구하고,　　　　　나답게 살아갈
거야

　세상은 상상을 초월하는 속도로 변화한다. 특히 온라인 세상의 변화는 쉽게 따라갈 수 없는 속도를 자랑하고 더 이상 단순하지 않다. 그 안에 또 다른 사회, 지구, 삶이 존재하는 공간으로 확장됐다. 현실과 온라인 세상을 구분 짓는 경계도 모호해졌다. 온라인 세상에서 겪은 일로 현실의 나는 상처받고 고통받는다. 현실의 내가 가지지 못한 것들을 온라인 세상의 나는 가지기도 한다. 어떤 것이 진짜 나일까? 이런 질문은 수없이 반복되고 허구와 진실은 한 끗 차이일 뿐이다. 현실에서는 지켜지는 법과 규칙도 온라인에서는 약해질 수밖에 없다.

　나는 온라인에서의 해프닝 때문에 여러 번 무너져내렸고, 어렵게 다시 일어서기를 반복했다. 그 과정에서 깨달은 것은 '온라인 세상의 문제는 개인이 아닌 사회의 문제다. 더 많은 고발을 통해 문제를 해결할 수 있는 방법을 찾아야 한다. 그러기 위해서는 피해자의 목소리가 반드시 필요하다'라는 것이다. 그리고 어쩌면 내가 가는 길이 누군가에게는 응원과 위안이 될 수 있겠다는 생각을 했다. 나 역시 경동원 아이들의 말 한마디가, 얼굴도 모르는 이들이 응원이 또 한 걸음 움직이게 하는 원동력이 됐던 경험을 가지고 있으니 말이다.

　나는 꿈을 믿는다. 꿈을 꾸고 이루기 위해 노력하는 과정은 한 사람의 삶을 변화시키는 힘을 가졌다. 지금 열심히 살다 보면 언젠가는 더 멋진 사람이 될 수 있지 않을까 상상한다. 꿈이 이뤄지지 않을 수도 있다. 그러나 그게 뭐 어떤가. 크게 꾸는 꿈의 한 부분에 가서 닿았다면 그것도 성공이라고 할 수 있지 않을까. 같은 의미에서 나는 지금의 내 삶이 성공적이라 여긴다. 적어도 큰 꿈을 꾸고, 실천하고, 그 안에서 작은 성취를 이뤄가고 있으니 말이다. 누군가의 인정이 없어도 그렇게 살아가는 내 모습을 내가 인정한다. 내 삶의 진짜 증인은 오직 나뿐이다.

대신 꿈에 질식하지 않기 위해 최대한 현실적인 실천 방법을 늘 고민한다. 최대한 가깝게 다가가기 위해, 거창한 계획을 세우기보다 지금 당장 할 수 있는 일을 만든다. 이런 일들이 하나씩 연결되면 결국 처음에 꾸던 그 꿈속에 내가 존재하게 될 것이다.

사실 나도 꿈을 이루는 지름길 같은 건 모른다. 다만 언제 어느 때에도 당당하게 꿈을 말하고, 나를 이상하게 보는 시선들에 고개를 꼿꼿하게 세운다. 그다음에는 꿈을 이루는 과정에서 생기는 욕망을 절제하려고 한다. 누구나 흔들릴 수 있다. 쉬운 길을 찾거나 작은 꼼수를 생각할 수도 있다. 그러나 한번 어긋나기 시작한 길을 되돌아오는 것은 말처럼 쉽지 않다. 그래서 꿈의 외면이 아니라 꿈의 내면을 늘 상기해야 한다. 그 과정은 지루하고 때로는 답답하겠지만, 결국 나를 성장시키는 시간은 그 안에 담겨 있다.

아는 만큼 보인다는 말을 예전에는 이해하지 못했는

데, 이제 그 안에 숨은 뜻을 조금은 알 것 같다. 지식만이 아닌, 지혜와 삶의 경험은 세상을 더 선명하게 인지할 수 있게 한다. 무엇이든 내가 해봐야 명확하게 알 수 있다. 해봐야 경험이 되고, 그런 경험이 쌓여야 노하우가 늘어나고, 삶의 여러 순간마다 나만의 확고한 기준을 세울 수 있다. 모르는 것을 기준으로 세울 수 없고 남이 해놓은 것이 내 삶의 기준이 될 수도 없는 건 당연하다. 그러니 일단 뭐든 나답게, 내 맘대로 해보는 게 중요하다.

　기준을 가진 사람은 매력적이다. 자기를 지나치게 낮추지 않고 타인을 과장해서 올려다보지 않는다. 현실을 파악하고, 그에 맞춰 자신의 범위를 설정할 줄 안다. 사회는 기준을 재설정할 수 있는 기회를 주기보다 차이를 가릴 수 있는 포장지를 찾으라고 등을 떠민다. 그러나 기준 없이 무분별하게 모은 포장지는 나를 예쁘고 가치 있는 선물로 만들어주는 것이 아니라 어디에도 어울리지 않는 빛 좋은 개살구로 만든다.

　우리는 반드시 내가 어디에 있는지, 타인을 어떻게 보고 있는지, 나라는 사람은 삶이라는 지표에서 어디쯤 서 있는지, 내가 세운 기준은 오롯이 내가 중심인지, 나는 나를 충분히 사랑하고 있는지 생각해봐야 한다. 매 순간 체크하면서 진짜 나를 궁금해하고 새롭게 알아가야 한다.

자신에 대해 궁금해하지 않는 사람이 많다. 잘 모르면서, 진지하게 관찰해보지도 않았으면서 자기를 막 대한다. 자신이 어떤 사람인지도 모른 채 남과 같은 모습이되려고 애쓴다. 그렇게 자신이라는 최고의 친구를 잃는다. 늘 스스로를 궁금해해야 한다. 질문을 하고 대화하는시간을 가져야 한다. 그렇게 해야 나라는 존재와 화해하고 협력하고, 함께 살아가는 방법을 찾을 수 있다.

나는 그 과정이 미술을 통해 이뤄졌다. 그리고 지금도 나는 매일 내가 궁금하다. 매 순간 나에게 묻는다. 너의 선택이니? 너답게 살고 있니?

그 과정이 고통스러울 수 있다. 사실 고통이 없는 삶이 어디 있겠는가. 무엇을 선택하든 인간의 삶에는 고통이 디폴트 값으로 설정되어 있다고 생각한다. 피해갈 수없는 설정값일 것이다. 단 아무것도 하지 않아도 고통스러운 것과는 질적으로 차이가 있다. 더 즐겁게 살기 위해서, 더 재미있는 일을 하기 위해서, 더 나답게 해내기위해서 무언가를 하는 중에 얻은 고통은 결과를 만들어

허밍 레터 │ 2022년, 캔버스에 혼합 매체, 151.5×180cm

낸다. 고통으로 끝나는 것이 아니라 나라는 사람의 삶에 새로운 영역을 발견하도록 해준다. 고통의 과정이 끝나는 순간, 나에게는 또 다른 세상의 문이 열릴 수 있다는 것을 꼭 기억했으면 좋겠다.

2023년의 첫날, 떠오르는 해를 보면서 문득 살아 있어서 감사하다는 생각이 들었다. 지나온 시간을 돌아볼 때 좋은 일만 있었던 것은 아니지만, 여전히 내 삶은 현재 진행형이다. 그 사실이 너무 기쁘다. 내가 즐길 수 있는 시간이 있고, 내가 살고 싶은 방향으로 살아볼 기회가 있는 것만으로 충분히 다행스럽다. 아직도 나는 내 맘대로, 내 멋대로 살 수 있다. 당연히 기쁠 수밖에.

앞으로도 항상 나답게 살아보려고 한다. 분명 지금까지와는 또 다른 장애물들이 언제 어디에서 나올지 모르는 시간들이 이어질 것이다. 그러나 나는 내 안에 있는 가능성, 아직 내가 발견하지 못한 나를 믿는다. 내 안에 숨어 있는 무수한 나를 궁금해하고, 나에게 질문하며 매 순간 최선의 길을 찾아낼 것이다. 그렇게 나답게, 살아갈 것이다.

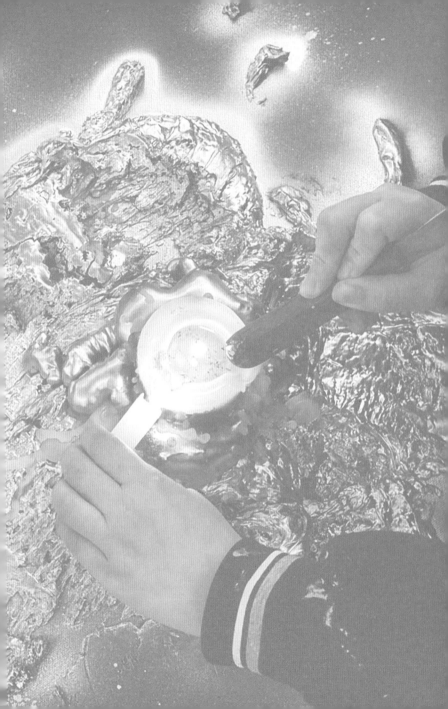

Video Artworks

▶ 권지안×솔비 – 공상(Daydream), 2015

Part 2. 내가 나를 만나는 과정 | p. 58

▶ 권지안×솔비 – SNS 월드(SNS World), 2016

Part 2. 나에게 던지는 돌조차도 관심인 줄 알았다 | p. 64

▶ 권지안×솔비 - 블랙 스완(Black Swan), 2016

Part 3. 새로운 자아와의 만남 | p. 83

▶ 권지안×솔비 - 하이퍼리즘 레드(Red Performance MV), 2017

Part 3. 어디까지가 예술이지? | p. 97

▶ 권지안×솔비 – 하이퍼리즘 블루(Class Up Performance MV), 2018

Part 3. 무엇이 우리의 클래스를 높이기 위한 최선일까? | p. 107

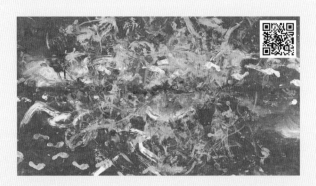

▶ 권지안×솔비 – 하이퍼리즘 바이올렛(Violet), 2019

Part 4. 소통이 많을수록 좋은 관계가 만들어질까? | p. 143

추천의 글

____ 달걀은 닭이 아니다. 병아리도 아니다. 어디까지나 달걀이 껍질을 깨고 나왔을 때 병아리가 되고 닭이 된다.

가수 솔비, 인간 권지안도 마찬가지다. 그녀는 과감하게 자신의 껍질을 깨고 밖으로 나왔다. 아이돌 그룹의 일원으로 노래 부를 때 그녀가 그냥 가수 솔비였다면, 그림 앞에 선 그녀는 화가 솔비이고 화가 권지안이다. 나는 고맙게도 화가의 작업실에서 그녀를 만난 일이 있다. 대뜸 나는 그녀를 알아봤고 그녀의 내면을 느낄 수 있었다. 소탈, 순수, 사랑, 그리움, 갈망, 열정, 그런 느낌들이 확 다가왔다. 처음 만난 사이지만 우리는 정신적인 이웃이었고 같은 종족이었다. 한마디로 말하면 그녀는 시인이었다. 다만 내가 언어로 시를 쓰는 시인이라면 그녀는 삶과 그림으로 시를 쓰는 사람이었다. 그러므로 이번에 내는 그녀의 책은 그녀 인생과 예술에 대한 총괄적인 보고서인 동시에 앞으로 나아갈 세상에 대한 선언서이고 출사표 같은 것이다. 문장이 맑고 문맥이 분명하며 솔직 담백, 그녀를 많이 닮았다. 이런 데서 나는 또 "글은 사람이다"라고 한 옛사람의 말을 되새기며 기쁨을 맛본다. 후회 없는 그녀의 삶, 상쾌하기까지 한 그녀의 인생과 예술에 박수를 보낸다.

이 책은 그냥 유명한 연예인이 낸 얼굴 알리기용 책이 아니다. 인생 보고인 동시에 예술론이고 고품격의 아포리즘에 준하는 책이다. 그녀의 삽상한 비상에 박수를 보낸다. 큰 고기는 작은 연못에 담기지 못한다. 그녀를 받아줄 더 큰 저수지나 바다가 있을 것으로 믿는다.

나태주(시인)

____ 우리는 누구나 그런 고민을 한다. 할까? 말까?

내가 아는 사람 중 이런 상황에서 '하자'를 주저 없이 선택하는 사람이 바로 솔비다.

이 책에는 주변의 소리보단 내면의 소리에 귀 기울인 솔비의 이야기가 나온다. 연예인 솔비에서 화가 권지안으로, 그리고 지금 이 책을 세상에 내놓을 수 있었던 모든 용기는 바로 나의 소리에 귀 기울인 결과가 아닐까.

솔비, 권지안, 그리고 우리 모두 화이팅!

유재석(방송인)

____ 온전한 나로 살아가고 싶다면 '권지안식 생각법'을 따라가보라.

그녀가 상처를 대하는 방식은, 이 시대를 살며 상처 입고 길 잃은 영혼들에게 등대가 되어줄 것이다.

장혜진(뮤지션)

나는 매일, 내가 궁금하다

초판 1쇄 인쇄 2023년 3월 10일
초판 1쇄 발행 2023년 3월 24일

지은이 권지안
펴낸이 정중모
펴낸곳 도서출판 열림원

출판등록 1980년 5월 19일(제406-2000-000204호)
주소 경기도 파주시 회동길 152
전화 031-955-0700
팩스 031-955-0661　　　　　　　페이스북 /yolimwon
홈페이지 www.yolimwon.com　　　트위터 @yolimwon
이메일 editor@yolimwon.com　　　인스타그램 @yolimwon

주간 김현정　　　　　　　　　　　마케팅 홍보 김선규 최가인
책임편집 조혜영　　　　　　　　　온라인사업 서명희
편집 황우정 최연서 이서영 김민지　제작 관리 윤준수 이원희 고은정
디자인 강희철　　　　　　　　　　표지 본문 디자인 즐거운생활

ⓒ 권지안, 2023

ISBN 979-11-7040-173-5 03810